Sie hat einen deutschen Mann geheiratet, den schönsten Mann, und seinen Namen stolz getragen. Doch dann findet sie heraus, dass der Name auch einem Kolonialaggressor gehörte. Und dass ihr Mann sie betrügt. In »die dinge, die ich denke, während ich höflich lächle« erzählt Sharon Dodua Otoo von einem bitteren Verlust, einer schonungslosen Bilanz und einer mutigen, trotzigen und willensstarken Frau, die sich neu erfindet.

Erst ist das Gelb weg, dann das Grün, das Blau und schließlich das Braun. Cee sieht keine Farben mehr, auch nicht ihre eigene Haut. Dann kehren die Farben zurück. Aber so einfach ist es nicht … »Synchronicity« ist eine irrwitzige und verblüffende Geschichte, eine Adventsgeschichte.

Sharon Dodua Otoo wurde 1972 in London geboren und lebt in Berlin. Sie ist Schwarze Britin, Mutter, Aktivistin, Autorin und Herausgeberin der englischsprachigen Buchreihe »Witnessed« in der edition assemblage. Ihre erste Novelle »die dinge, die ich denke, während ich höflich lächle« erschien 2012 auf Englisch und 2013 auf Deutsch, es folgte »Synchronicity«, 2014 in deutscher Übersetzung, 2015 als »the original story« auf Englisch. Sie hat mit dem Text »Herr Gröttrup setzt sich hin« den Ingeborg-Bachmann-Preis 2016 gewonnen.

Weitere Informationen finden Sie auf www.fischerverlage.de

SHARON DODUA OTOO

die dinge,
die ich denke, während ich
höflich lächle ...
und
Synchronicity

Zwei Novellen

Aus dem Englischen
von Mirjam Nuenning

FISCHER Taschenbuch

3. Auflage: September 2019

Erschienen bei FISCHER Taschenbuch
Frankfurt am Main, April 2016

Lizenzausgabe mit freundlicher Genehmigung
der edition assemblage, Münster

die dinge, die ich denke, während ich höflich lächle …
© 2012, 2013, 2016 Sharon Dodua Otoo

Synchronicity
© 2014 edition assemblage

Satz: Pinkuin Satz und Datentechnik, Berlin
Druck und Bindung: Christian Theiss GmbH, St. Stefan im Lavanttal
Printed in Austria
ISBN 978-3-596-29874-7

die dinge,
die ich denke, während ich
höflich lächle ...

Für Florence Naa-Oyoo Lawson

Oyiwala doŋ

zehn

… begleitet von dem Geräusch eines rhythmischen Protest-summens. Im Flur findet mein Finger den Knopf der Gegen-sprechanlage. Die Sohlen meiner Füße leiden auf dem kalten Holzfußboden. Ama kündigt sich an. Ich stelle sie mir unten an der Eingangstür vor, ihre Handtasche fest an sich klammernd. Im Hintergrund kann ich zwei Autos vorbeifahren hören. Ihre Stimme klingt undeutlich und weit entfernt, aber ihr Gemütszustand erreicht mich mit der Klarheit eines Kristalls.

Ja. Sie ist wütend.

Leicht schwankend betätige ich den Türöffner, um sie einzulassen. Trotzdem. Ich entriegele die Eingangstür zu meiner Wohnung. Ich humpele zurück in mein Schlafzimmer.

Ama stürmt die Treppe hinauf in den dritten Stock, schmeißt meine Wohnungstür auf und schickt meinen Namen, so laut sie nur kann, auf die Suche nach mir. Mittlerweile habe ich mich bereits wieder hingelegt und bin nicht in der Stimmung, zu dieser zarten Tageszeit, so angesprochen zu werden. Ich bleibe still.

Ama folgt dem Klang ihrer Stimme, bis er, sie und ich in meinem Zimmer zusammentreffen, und obwohl sie nicht ausdrücklich dazu eingeladen wurde, nimmt sie ihren Platz auf meinem Bett und in meinem Sonntagmorgen ein.

»Wo warst du gestern Nacht?«

Nun, es ist ja nicht so, als hätte ich nicht gewusst, dass ich eine Antwort auf diese Frage würde vorbereiten müssen. Ich bin nicht sicher, ob »geht dich einen Scheißdreck an« angemessen für den heutigen Tag wäre (da es natürlich ein heiliger Tag der Ruhe ist), noch wäre es eine große Leistung, in Anbetracht der ganzen Zeit, die ich hatte. Das Beste, was ich machen kann, ist so zu tun, als ob ich sie nicht gehört hätte – und das ist wirklich lächerlich, denn:

a) sie durchschaut mich sofort und

b) sie fragt mich einfach noch mal. Ohne auch nur mit der Wimper zu zucken.

Also sage ich ihr die Wahrheit.

»Till und ich sind zu ihm nach Hause gegangen.«

»Und dann?«

»Dann sind wir zurückgekommen.«

»Und dazwischen?«

Ich werde schon wieder heiß, wenn ich nur daran denke.

»Wir … ähm … haben den guten alten Zeiten körperlich Tribut gezollt.«

Ama verliert nicht oft die Geduld. Sie ist höchst professionell. Ich bewundere sie in der Tat sehr dafür. Sie ist stets pünktlich, perfekt gestylt und überlegt sich sorgfältig jede Silbe, bevor diese ihren Mund verlässt. Aber selbst ich kann sehen, dass ich sie dieses Mal extrem auf die Probe gestellt habe.

»Bist du völlig durchgeknallt?« Ama starrt mich wütend

an. »Nach allem, was passiert ist? Hast du nicht vor vierundzwanzig Stunden noch von Scheidung geredet?«

»Die Scheidung hat nichts damit zu tun«, sage ich leise. Während ich spreche, schüttele ich den Kopf und gucke ringsumher, überall hin – außer in irgendeine Richtung, wo Ama und ich Blickkontakt haben könnten. Es ist übrigens außergewöhnlich schönes Wetter für einen Januartag.

»Verdammt!«, schreit sie und wirft ihre Tasche nach mir, deren Inhalt sich, so scheint es, in alle vier Himmelsrichtungen meiner Welt verteilt. Ich verkrieche mich unter meiner Bettdecke und versuche, so zu tun, als hätte sie sich in Luft aufgelöst … disappariert … oder so. Es ist nun so totenstill, dass ich schon glaube, sie habe es vielleicht tatsächlich getan. Ich spähe unter der Decke hervor – sie schreit mich augenblicklich wieder an. Lang und breit. Und außerdem in einer ziemlichen Lautstärke.

… vielleicht hätte ich es ihr nicht sagen sollen.

Seit Till angekündigt hat, dass er mich verlassen würde, haben Ama und er nicht miteinander gesprochen. Zufälligerweise fand dieses kurze, aber dramatische Gespräch am selben Tag statt, an dem die Wasseruhr im Europa-Center stehenblieb. Ein weiteres »Unglaublich« – aber wahr! Während ich also neben meinem wunderschönen zukünftigen Exmann stand und meinen Atem anhielt, um nicht zu implodieren, waren da noch ca. 3,5 Millionen andere Menschen in Berlin, die im selben Moment auch fühlten, wie die Zeit stehenblieb. Bis zu diesem verhängnisvollen Augenblick hatte Ama geglaubt, der Herrgott persönlich hätte Till zur Welt gebracht und ihn zärtlich in einem aus Gold gewebten Tragetuch gewiegt, bis er ihn sanft, aber widerwillig seiner irdischen Mutter überreicht hatte, um ihn unter uns Normalsterblichen großzuziehen. Offensichtlich ist es zu viel verlangt, sie zu bitten zu verstehen, warum ich ihn – trotz allem – immer noch so sehr liebe. Und je mehr Zeit ich mit ihr verbringe, desto trauriger und deprimierter werde ich. Weil Ama recht hat. Ama hat recht, und ohne mich wird Till nie wieder glücklich werden (ich werde den Rest meines Lebens damit zubringen, das sicherzustellen).

Ama steht auf, um mich mit meinen Schlafzimmergedanken alleine zu lassen. Das heißt, ihr Körper signalisiert, dass es das ist, was sie als Nächstes tun wird. Als ihre Nackenmuskeln zucken, füllen sich meine Augen mit Tränen, und meine Stimme bebt, obwohl ich kein einziges Wort sage. Sie verwirft den Gedanken, zu gehen, und macht kehrt, um mich anzuschauen. Diverse Fragmente formen sich und fallen aus meinem Kopf heraus. Die Leere, die ich danach fühle, sieht lauter aus, als sie je zuvor gerochen oder geschmeckt hat – sie bringt mich zum Zittern und Schluchzen. Später werde ich herausfinden, wie sehr auch Ama mich hintergangen hat. Aber im Moment ist sie die einzige lebende Person, die mich halten kann …

* * *

Namen sind wichtig, doch an meinen erinnere ich mich nicht mehr. Ich habe mich nie besonders für meinen sogenannten

Mädchennamen interessiert. Eine förmlich gekleidete weiße Dame funkelte mich einmal mit kaum verborgener Empörung wütend an, als ich ihr auf ihre kundendienstlich geschult höfliche Frage entgegnete, dass es wirklich nicht wichtig sei, wie sie meinen Namen ausspreche. »Natürlich ist es wichtig!«, sagte sie mit leicht, aber bestimmt zusammengebissenen Zähnen. »Es ist schließlich Ihr *Familienname*!«

Meine Augen entdeckten etwas ziemlich Spektakuläres auf einer Wand irgendwo rechts von ihrem Gesicht. Vielleicht hatte sie selbst Identitätsprobleme. Wie auch immer, es war mir wirklich egal. Ich wusste ja nicht mal, wie ich meinen ghanaischen Namen biegen und brechen konnte, um ihn für englische Zungen passend zu machen – und ihn einfach in seiner vollen tonalen Pracht frei über meine Lippen gleiten zu lassen, hätte nur noch mehr hervorgehoben, wie wenig ich hier eigentlich hingehörte. Ich wünschte, Auntie hätte an so etwas gedacht und mir eine anständige afrozentrische Unterweisung gegeben, bevor sie mich der Indoktrination, allgemein bekannt als britisches Schulsystem, überließ. Vielleicht hätte ich gelernt, besser mit meiner Identität in der Öffentlichkeit umzugehen.

Ach ja, und der andere Grund, warum ich meinen Namen misshandelte, war, weil ich nicht eine Sekunde länger als wirklich nötig mit meinem Vater in Verbindung gebracht werden wollte. Seelisch verließ ich England am Morgen meines achten Geburtstages. Körperlich schaffte ich es, nach so einigen Fehlstarts, kurz nachdem ich achtzehn wurde. Es war also eine ziemlich inspirierende Sache für mich, als ich Till in meinem Auslandsjahr in Deutschland kennenlernte. Jemanden, dessen Familienname so unmissverständlich zu dem Land gehörte, in dem er geboren wurde, aufwuchs und lebte, dass ich nur dachte: Wie sexy ist denn *das?* Und ich wusste, dass ich mir diesen Namen zu eigen machen musste. Trotzdem hinderte dies andere förmlich gekleidete weiße Damen in kalten Büros nicht daran, »Wie bitte?« zu sagen und mich zu bitten, meinen Namen noch einmal zu wiederholen – so, als wären sie enttäuscht, weil sie mit einem Namen wie *Umdibondingo* oder so ähnlich gerechnet hatten.

Mehrere Monate nachdem wir geheiratet hatten, erfuhr ich, dass »Peters« auch der Familienname eines kolonialen Aggressors gewesen war, und obwohl ich nicht gleich anfing, den Namen zu hassen, hörte ich doch auf, mich damit zu schmücken wie mit einem großartigen Pelzmantel, und begann stattdessen, ihn wie einen hässlichen Schal zu behandeln: nützlich und notwendig bei kaltem Wetter, aber nicht gerade das Kleidungsstück meiner Wahl, und sollte ich ihn eines Tages verlegen oder ihn etwa verleihen und niemals zurückbekommen, so wäre mir das ziemlich egal. Till, der seinen Vater niemals richtig gekannt hatte, hatte wenig Verständnis für meine Besessenheit von seinem Familiennamen und amüsierte sich immer köstlich, wenn ich zu stottern begann, wenn ich mich selbst oder unsere Kinder vorstellte. Am Anfang scherzten wir darüber, uns einen eigenen Familiennamen auszudenken. Jetzt wird mir bewusst, dass ich, hätten wir das getan, wenigstens meine Hälfte davon hätte behalten können, nun, da er nicht mehr da ist.

Zwischen zwei Namen von Männern, die mich verlassen haben, gefangen zu sein, ist irgendwie verwirrend. Der letzte Gedanke, den ich hatte, bevor ich an dem Morgen einschlief (dem Morgen nach der Party, dem Morgen, nachdem ich den Inhalt meines Magens in der Toilettenschüssel ausgeleert hatte), war, wie sich die Kinder wohl fühlen würden, wenn auch sie ihren Familiennamen ändern müssten.

Granatsplitter (2):
»... wenn wir keine
gemeinsamen Kinder hätten,
würde ich dich nie
wiedersehen ...«

neun

… was mich überraschte, denn immerhin waren wir ja in Berlin. Damals bewunderte ich Die Australierin für ihre Ehrlichkeit. Jetzt war ich zwar nicht mehr britisch genug, um sie eine »Freundin« zu nennen, aber auch noch nicht deutsch genug, um es ihr frei zu sagen.

Wir saßen draußen vor einem Café in der Skalitzer Straße und sollten eigentlich gemeinsam an einem Abstract arbeiten. Ich beobachtete, wie die Anzugträger hastig ihre Cappuccinos austranken und aufstanden, was den Babytragenden, die gerade ihre Kinder zur Schule gebracht hatten, Platz schaffte. Ich beneidete sie. Sie hatten jetzt ihre Ruhe, während ich hingegen …? Die Australierin hörte einfach nicht auf zu reden! Ich kannte sie seit etwa drei Jahren und fühlte mich in diesem Moment so, als hätte sie mich für diese *gesamte* Zeit ohne Pause belehrt. Sie wollte gerade anfangen, mir eine informative, aber im Grunde genommen uninteressante Geschichte darüber zu erzählen, wie sie Vegetarierin geworden war, als ich beschloss, die Monotonie zu beenden, indem ich meinen eigenen steinigen Weg zur veganen Lebensweise beschrieb und erzählte, was ich nicht dafür geben würde, um »*genau jetzt*« ein knuspriges Bacon-Sandwich zwischen meinen Zähnen zu halten.

Es war ein weiterer trockener Tag – angenehme Wärme,

begleitet von einer knisternden Brise. Ein Gewitter lag in der Luft. Ich musste etwas unternehmen, um die kleinen Tüpfel Emotionalität, welche kaum zu verbergen zwischen ihren Augenbrauen lagen, aufzuwirbeln. Ich erzählte ihr, warum ich es als persönlichen Angriff empfand, dass es so etwas wie Massentierhaltung gibt, da ich nicht wirklich etwas gegen das Fleischessen »per se« hatte; dass mein Hauptanliegen Tierschutz und meine persönliche Gesundheit waren – und nicht mal unbedingt in dieser Reihenfolge. Sie starrte mich mit offenem Mund an; ihr Kiefer wirkte ausgerenkt und hing schlaff herunter.

»Du meinst … du glaubst gar nicht an Tierrechte?«, stammelte sie. Jedes Wort schoss geradewegs aus ihren Pupillen heraus. Ich schüttelte meinen Kopf leicht, gleichgültig, aber insgeheim genoss ich die zunehmende Panik in ihrer Körpersprache.

»Nein.«

Tierschutz – ja. Tierrechte? – Dass ich nicht lache. Ich bin keine Tierrechtlerin. Und ganz bestimmt liebe ich Tiere auch nicht. Genauer genommen, insgeheim misstraue ich sogar all unseren vierbeinigen / pelzigen / geflügelten / gefiederten / gepanzerten oder schuppigen Brüdern und Schwestern. Wäre ich eine von ihnen, würde ich schon längst einen ultimativen Rachezug in einem noch nie zuvor gesehenen Ausmaß planen. Ich sehe Hass in den Augen aller Pudel, welchen diese lächerlichen Frisuren aufgezwungen werden, und Zorn durch die Kiemen aller Fische zucken, die Nemo ähneln. Ich halte mich nur aus Gründen der Selbsterhaltung an eine vegane Ernährungsweise. Nennen wir es eine Art Versicherung. Wenn die Zeit der großen Tierrevolte kommt, habe ich vielleicht eine kleine Chance, der Verstümmelung zu entkommen, indem ich meine Getreidemühle in der einen und eine Kollektion meiner Lieblingsnusskäserezepte in der anderen Hand schwenke. Meine Kinder werden alleine klarkommen müssen.

Die Australierin hätte wirklich nicht mit der »Was ist das Problem mit Käse?«-Diskussion ankommen sollen. Nicht an diesem Morgen. Ich hatte in der Nacht zuvor sehr wenig geschlafen, nachdem ich einen weiteren Marathonstreit mit Till gehabt hatte – das heißt, ich hatte mit ihm gestritten, und er hatte mir kleinmütig zugestimmt. Und das machte mich umso wütender. Ich konnte mir immer noch nicht vorstellen, wie er vorhatte, aus seinem lächerlichen, aussichtslosen, sogenannten Consulting Job mit den vielen unbezahlten Überstunden herauszukommen, wenn seine beste Taktik immer nur war, schwach zu lächeln und mir zu sagen, dass ich recht habe, wenn wir darüber redeten. Ich hatte mich noch nicht beruhigt und war deshalb wirklich nicht in der Stimmung, irgendetwas, was Die Australierin von sich gab, ernst zu nehmen. Und außerdem mussten wir noch unser *Abstract* fertigstellen. Die Frist für den *Call for Papers* lief am nächsten Tag ab. Obwohl unsere Forschungsinteressen sich so ähnelten, hatten wir noch nie zusammen an einem Fachvortrag gearbeitet. Es fiel uns unerwartet schwer, uns auch nur auf den Titel zu einigen, und erst recht auf den Inhalt oder die Hauptthese für unser *Proposal*. Ich startete meinen Laptop neu, um ihr zu signalisieren, dass unsere Pause beendet war.

Aber jetzt hatte sie Tränen in den Augen, und ich fühlte mich irgendwie verantwortlich. Ihre Verzweiflung hing in der Luft, bis sie so schwer wurde, dass sie nicht mehr schweben konnte und in meinen Saft hineinfiel. Zumindest muss sie das getan haben, denn als ich einige Zeit später einen Schluck nahm, bekam ich umgehend Bauchkrämpfe. Sie war nicht nur bestürzt, weil ich ihr im Grunde genommen erzählt hatte, dass ihre Glaubenssätze für mich lachhaft waren (was ich bisher noch nie so explizit gesagt hatte), sie war auch schon nah am Wasser gebaut gewesen, seitdem Janik bei ihr ausgezogen war, um bei seinem Vater zu leben. Etwas, was sie nie für möglich gehalten hätte, aber was die Umstände ihr aufgezwungen hatten. Und ich hätte rücksichtsvoller sein sollen. Das hätte ich tatsächlich. Aber ich hatte wirklich keine Lust.

Ich setzte meine Sonnenbrille auf und konzentrierte mich auf das Straßengeschehen, welches sich vor uns entfaltete. Die Australierin versuchte, unauffällig in ihrer Handtasche nach einem Taschentuch zu suchen, um ihre Tränen zu trocknen. Es gelang ihr nicht, weil sie keins dabeihatte, aber während sie danach wühlte, bemerkte jemand am Nebentisch, dass sie eins brauchte und reichte ihr eine Serviette. Ich tat so, als ob ich es nicht bemerkt hätte.

Ich schaute mir Die Australierin mit ihren geröteten Augen und dem »Wieso bist du so ungerecht zu mir«-Ausdruck auf ihren Lippen an. Ich hätte einfach aufstehen und weggehen können. Für immer. Ich schulde ihr nichts. Außer fünfhundert Euro. Aber das ist nur Geld. Hier geht es ums Prinzip.

Jedenfalls siegten meine Prinzipien nicht über mich.

Oder ich siegte über meine Prinzipien.

Oder ich wurde prinzipientreuer.

Was auch immer.

Ich blieb am Tisch und gewährte ihr das Privileg meiner Gesellschaft. Von Frau zu Frau, das schuldete ich ihr. Und einige Minuten später legte ich sogar zögerlich – nein, sanft – meinen linken Arm um ihre Schultern. Leicht, um ihr zu signalisieren, wie glücklich sie sich schätzen konnte; fest, um ihr zu signalisieren, dass sie sich immer noch vor nichts zu fürchten brauchte. Und dann fing es an, in Strömen zu gießen.

* * *

Wir waren Möbelstücke. Nicht buchstäblich natürlich. Mein Vater saß nicht auf uns. Aber er betrachtete sich selbst als jemanden, der im Grunde genommen nichts mit den kleinen Einzelheiten der Einrichtung seines Zuhauses – zuerst des ehelichen, dann des Familienwohnsitzes – zu tun hatte. Er war zum Beispiel einfach nur zufällig dabei, als meine Mutter das Sofa aussuchte. Ja, er hielt die Farbbeispiele in der Hand. Er achtete darauf, die zweitönige Melodie der Zustimmung überzeugend genug zu summen, damit sie ihn nicht noch ein drittes Mal ansah, und ja, wenn man es vielleicht aus einer bestimmten Perspektive betrachtet, hatte er auch einen finanziellen Beitrag zu dem Sofa geleistet. Doch mein Vater, ein Mann, der jeden Monat einen festen Betrag auf das Konto meiner Mutter überwies, obwohl sie zusammenlebten, hätte nicht sagen können, wie viel das Sofa eigentlich gekostet

hatte, geschweige denn, was für einen günstigen Preis meine
Mutter aus dem armen, unter Druck gesetzten Verkäufer her-
ausgehandelt hatte. Und eine Woche später hätte mein Vater
sich nicht mehr erinnern können, wann genau der Einkaufs-
trip stattgefunden hatte (es sei denn, er hätte mit einem Liver-
pool vs. Manchester Spiel kollidiert, aber das ist eine andere
Sache). Und wenn meine Mutter ihm sechs Monate später
gesagt hätte, dass sie dringend ein neues Sofa bräuchten, hätte
sie ihn nicht groß überzeugen müssen. Seine Anforderungen
an das Eheleben waren gering. Er bügelte seine eigenen Hem-
den, trank gerne schwarzen Kaffee, während er »Match of the
day« guckte, und wollte nach einem anstrengenden Arbeits-
tag nicht gestört werden. Und solange all unsere gekauften
Gegenstände nicht zerbrechlich und per Schiff beförderbar
waren, wusste er, dass sie alle sowieso einfach in den Contai-
ner gepackt werden würden, den wir eines Tages mieten würden, um unser Hab und Gut zurück nach Hause zu bringen.
Aber die Tatsache, dass all unsere Verwandten in Accra uns
morgen um unseren Esstisch aus Roteiche für zehn Personen
beneiden würden, bedeutete nicht, dass dies meinen Vater
heute auch nur einen Scheißdreck interessiert hätte. Ganz im
Gegenteil. Nichts in diesem Land war von Bedeutung. Und
ich gehörte eindeutig auf die Liste von »Dingen, die ich mir
in England zugelegt habe, die vielleicht eines Tages in Ghana
nützlich werden könnten«.

Wir waren Möbelstücke, Auntie und ich. Mein Vater fühlte
sich kaum mit ihr verbunden. Obwohl sie Geschwister waren,
waren mein Vater und Auntie nicht miteinander aufgewach-

sen. Er war siebzehn Jahre älter als sie (aber wenn du ihn gefragt hättest, hätte er dir nicht genau sagen können, wie alt sie war), und er war nach England gegangen, als Auntie noch ein Kleinkind war. Er sah auch seine Verbindung zu mir nicht – es schien so: Meine Mutter hatte Kinder gewollt, und er hat seinen Teil geleistet. Er hatte sogar in die Wege geleitet, dass seine Schwester mich zu sich nahm, als klarwurde, dass auf meine Eltern lange Arbeitszeiten zukämen, um genug Geld zu sparen, damit sie all das kaufen konnten, was sie für ihr »richtiges« Leben später brauchen würden. Was wollten wir mehr? Bei den seltenen Gelegenheiten, wenn Auntie und ich meine Eltern besuchten, konnte es leicht passieren, dass er mehrere Male am Tag an uns vorüberlief, ohne auch nur ein »Hi« in unsere Richtung zu knurren – er sah uns nicht einmal an, geschweige denn, dass er so etwas wie Blickkontakt hergestellt hätte. Manchmal dachte ich, dass es auf eine tragische Weise traurig, aber nicht allzu verwunderlich wäre, wenn er mich eines Tages im Flur angehalten und gefragt hätte, wer zum Teufel ich sei.

Mein Vater war ein dünner Mann mit schütterem Haar und angespannten Lippen, die wenig Grund zum Lächeln hatten – gemein aussehend, aber ohne die kalte Schärfe der Vorsätzlichkeit. Er hatte einen Bierbauch, den die meisten Biertrinker mit Stolz getragen hätten, aber er trank nicht – zumindest nicht vor uns. Er hatte einen scharfen Humor, einen schnellen Verstand und noch schneller wechselnde Launen. Ich weiß, dass ich meinen Vater anfangs liebte. Sehr. Manchmal, meistens, wenn ich meine unregelmäßigen Verben für

Französisch am Esstisch auswendig lernte, sah ich ihm beim Agatha-Christie-Lesemarathon zu. Er wirkte so ruhig und intellektuell, während er las. Den Großteil meiner Kindheit versuchte ich mit allen Kräften, ihn gerade genug zufriedenzustellen, damit er eines Tages von den letzten Seiten von »Der Tod auf dem Nil« oder dem Höhepunkt von »Mord im Orientexpress« aufschauen würde und sagen würde … na ja … irgendwas. Egal was. Sogar etwas nur ansatzweise Positives hätte ausgereicht. Meine Noten waren so gut wie perfekt. Ich tat ohne Frage alles, was Auntie von mir verlangte. Ich runzelte nicht mal die Stirn, wenn ich mich – was selten vorkam – von ihr ein wenig ungerecht behandelt fühlte. Ich war ein Musterkind. Gemessen an elterlichen Bedürfnissen, war ich eine so gut wie sorgenfreie Teenagerin. Ich wuchs zu einer ausgeglichenen und vernünftigen jungen Frau heran. Aber er schien nie zufrieden zu sein, und wenn er überhaupt von etwas bewegt war, dann nur, um mir zu sagen – indirekt natürlich –, dass ich nicht genug war.

Mangelhaft. Note: 5. Streng dich im nächsten Leben mehr an.

Erst als Till die neugeborenen Babys das erste Mal küsste, wurde mir bewusst: Mein Vater hatte mich nie geküsst. Und ich hatte immer gedacht, das sei normal. Ich weinte drei Tage lang ununterbrochen und überließ es der Hebamme, Till zu erklären, dass mein Hormonhaushalt auf dem Kopf stand, die Milch einschoss und ich schlicht und einfach mit meiner neuen Rolle überfordert war. Es war mir ganz recht, dass Till keine Fragen stellte. Er war so zuvorkommend, es tat unendlich weh, und er brachte mich dazu, noch mehr zu weinen.

Bei der *Outdooring-Zeremonie*, acht Tage nach ihrer Geburt, wachten wir alle bei Tagesanbruch auf, um den ersten Enkelkindern meines Vaters ihre Namen zu geben: Asher Heinrich Nii-Armah Peters und Bethany Patience Naa-Amele Peters. Zwei stolze Namen. Auf dem Balkon meiner Kreuzberger Wohnung stehend, flüsterte mein Vater die traditionellen Gebete in *Ga* und goss die Libation, den Ahnen für die sichere Entbindung der Zwillinge dankend. Was er nicht wusste, war, dass ich, während ich den Beginn von Ashs und Beths Kindheit feierte, den Tod meiner eigenen betrauerte.

Aber es hätte mir trotzdem möglich sein sollen, mich einfach für meine Kinder zu freuen – und sie bedingungslos zu lieben … *hätte* es zumindest …

* * *

Ich fühle mich nicht mehr wohl. Mein Badezimmer dreht sich. Ich muss tief durchatmen, um mein Gleichgewicht zu halten. Ich erinnere mich an nichts mehr, nachdem ich die Tür zugeknallt habe. Aber ich muss mich übergeben haben. Muss ich, denn jetzt wache ich auf, und das Hämmern hat aufgehört. Ich hebe meinen Kopf von der Klobrille und kann meine Magensäfte in der Kloschüssel umherschwimmen sehen. Ich schließe meine Augen – sowohl, um zu vergessen, als auch, um mich zu erinnern:

Warum?

Fühle ich mich …?

So?

Till ist weg.

Es reißt mich wieder von neuem entzwei.

Dann erinnere ich mich, obwohl ich es vergessen will: unser erstes Date, unser erster Kuss als verheiratetes Paar, das Feiern des Moments, als Beth ihren ersten Schritt gemacht hat.

Ich vergesse, aber kämpfe darum, mich zu erinnern: am Strand liegen, meine Schwangerschaft sonnen mit Tills Hand auf meinem Bauch, gemeinsam das Ei aufwischen, das Ash aus dem Kühlschrank genommen und auszubrüten versucht hatte, in dem er darauf saß »genau wie ein Huhn«, lachen, bis wir Seitenstechen bekamen, zusammen einschlafen, nachdem wir uns geliebt haben.

Und während des Aktes des Ervergessinnerns weine ich, schluchze ich. Ich bin untröstlich. Mit einer Hand drücke ich fest gegen meine Brust, in einem Versuch, den Schmerz einzudämmen. Mit der anderen Hand halte ich mein Telefon. Meine Finger zittern, während ich die Worte zusammenfüge, es ist die allerletzte SMS, die ich Till jemals schicken werde:

»Für immer. Auf ewig.«

Ich beginne aufzustehen und merke dann, dass mein Fuß in der Nacht geblutet hat. Es hat mein Kleid befleckt und die ordentlichen blassen Blau- und Grüntöne meiner Badezimmermatte durchbrochen. Wieso? Ich versuche, ihn mir näher anzuschauen. Ich stehe auf, aber setze mich ganz schnell wieder auf den Rand der Badewanne – das nächstbeste waagerechte-nicht-nach-Kotze-riechende-aber-stabile Objekt in

Reichweite. Irgendwas fällt aus meiner Tasche heraus. Erst nachdem ich die drei Fünf-Euro-Scheine einige Minuten lang in den Händen halte, kann ich mich daran erinnern, wer sie mir gegeben hat und warum. Angewidert zerknülle ich die drei Scheine in einen kleinen Ball, wickele sie um das blutgetränkte Klopapier, welches ich als provisorischen Verband benutzt hatte, und halte nur kurz inne, um Kareem zu verfluchen, mitsamt seinen zukünftigen Nachfahren; dann werfe ich das ganze Paket in die vollgekotzte Toilette, und mit dem letzten bisschen Kraft, welche ich an diesem Morgen noch habe, spüle ich alles davon.

Ich sitze schlapp auf dem Rand meiner leeren Badewanne. Geschlagen. Besudelt. Überschäumend. Und wie immer an einem Morgen wie diesem ist mein Familienbadezimmer grau, kalt und ungemütlich. Meine Seiten schmerzen, und ich bin immer noch viel zu schwach, um irgendetwas anderes zu tun, als mein eigenes müdes Spiegelbild zu betrachten. Ich akzeptiere, dass die normalen Strategien jetzt nicht funktionieren werden. Es ist endlich Zeit für Plan B.

Ins Bett.

Ich wache ruckartig auf, gierig nach Luft schnappend, schweißgebadet.

Einige Augenblicke später merke ich, dass bereits seit einiger Zeit an meiner Tür Sturm geklingelt wird. In meinem Traum war ich auf der Party von gestern Nacht, und jedes Mal, wenn es klingelte, öffnete ich die Tür, und der nächste Gast kam herein. Küsschen, Küsschen, halbherzliche, pseudoaufrichtige Umarmung. Und der Nächste und so weiter und so fort. Sie lächelten alle und brachten Geschenke und schienen äußerst glücklich zu sein, mich zu sehen, in einer zweidimensionalen Art und Weise. Aber sie trugen alle gelbe Schuhe. Genau das gleiche Modell. Vielleicht sollte ich aufhören, so viel Dürrenmatt zu lesen.

Es dauert noch ein paar weitere wütende Klingeltöne, bevor ich mich von einer Position zur anderen bewege. Während ich mich auf den Rücken drehe, blinzele ich mit meinen Augen. Ich warte, bis wenigsten eins von ihnen klar sieht, bevor ich zu meinem Radioweckerding schaue.

14.37 Uhr.

Zu guter Letzt erhebe ich mich …

Granatsplitter (31):

»... und deine Mutter meint,
ich sollte gehen und keinen
von euch jemals wiedersehen ...«

acht

… die Straße herunterrennend, den dreckigen braunen Flecken auf den Gehwegen der Zossener Straße ausweichend (Hinweise auf nachlässige Hundebesitzer, die im wahrsten Sinne des Wortes einen Scheißdreck geben, und bedauernswerte Touristen, die erst noch den Kreuzberger Blick perfektionieren müssen). Und, wie erwartet, bahnten wir uns einen Weg entgegen der Flut von Pendlern, die aus der U-Bahn-Station herauskamen, die Treppe hinunter, und trotz des Endspurts … haben wir sie verpasst. Schon wieder. Die 7.30 Uhr Richtung Rathaus Spandau. Ich könnte schwören, dass mir der Fahrer sogar zugezwinkert hat, als die gelbe Schlange vorbeirollte. Die Tränen in meinen Augen kamen übrigens nicht aus Frust, sondern weil es ziemlich staubig war, und ja … ich schiebe es auf die Luftverschmutzung.

»Mum, warum sind wir immer zu spät?«

Ash sprach, als es mir gerade gelungen war, meinen größten Ärger zu zügeln, aber ich hatte noch nicht die Chance, ihn in positive Energie umzuleiten. Und weil ich weiß, dass die Morgenroutine mit Till viel ruhiger ist und normalerweise darin endet, dass beide Kinder die Schule erreichen, lange bevor die Klingel den Beginn des Schultags einläutet, ist es mir schmerzlich klar, dass Ash eigentlich sagt: *Mum, warum bist du immer zu spät?*

An jedem anderen Morgen hätte Ash mir diese Frage stellen können, und ich hätte versucht, gelassen zu antworten. Ich halte mich nicht für eine geduldige Mutter, aber ich habe die Kunst, mich in der Öffentlichkeit anständig zu benehmen, gemeistert – mit Zwillingen lernt man das von ganz allein. Aber ich war schon aus einer Reihe von Gründen übelgelaunt. Zum Beispiel war Till in der letzten Nacht – wieder einmal – so spät von der Arbeit nach Hause gekommen, dass es ganz einfach klar war, dass er seinen Wecker heute Morgen verschlafen würde. Das und die Tatsache, dass er das Auto gestern Nacht bei der Arbeit zurückgelassen hatte – er sagte mir, es wollte nicht anspringen. Folglich fuhr ich Ash und sein NaWi-Projekt nicht, wie ursprünglich geplant, zur Schule. Stattdessen schleppte ich das verdammte Ding.

Eine wohlüberlegte, politisch korrekte Antwort auf Ashs Frage überstieg meine Fähigkeiten, und alles, was ich tun konnte, war, ihn böse anzugucken. Er wiederholte die Frage nicht – er ist ziemlich schlau, was das betrifft. Ich sah ihn mir genauer an und stellte fest, dass seine Jacke schon wieder zerrissen war. Es war keine billige Jacke. Es war auch keine besonders alte Jacke. Die zwei Jacken davor waren verlegt worden. Und ich hatte nicht vor, Nähen zu lernen, bis ich eine Großmutter werde.

»Mensch, Ash – was ist passiert?« Ich deutete auf seine Jacke; mein Tonfall verbarg nicht meine extreme Frustration.

»Was?«, erwiderte Ash. Das ist die Art von Antwort, die mich beinahe vergessen lässt, dass wir in der Öffentlichkeit sind.

»Was meinst du mit ›was‹?«

»Ich meine was? Was meinst du?«

Auntie musste sich so einen Scheiß nie gefallen lassen.

Meine Hand schloss sich enger um den Fuß von seinem blöden Minutenzähler-NaWi-Projekt, und darauf folgten drei Minuten sinnloses Wortgeplänkel. Wenn wir das beide genossen hätten – na gut. Aber als die nächste U-Bahn eintraf, war ich ernsthaft wütend. Ich zog beinahe in Erwägung, ihm seinen Minutenzähler über den Kopf zu ziehen und ihn seinem Schicksal in den Straßen Berlins zu überlassen. Letztendlich schmollte ich für die gesamte zwanzigminütige Strecke. Nicht gerade mein glänzendster Elternauftritt, aber ich denke, ich hatte nicht ganz unrecht, und es war mir erfolgreich gelungen, das auch klarzustellen. Ashs Stolz wirkte angemessen angekratzt, als wir unsere Haltestelle erreichten, und ich war deutlich ruhiger. Ich versuchte, seinen Afro zärtlich zu zerzausen, als wir nebeneinander herliefen, aber er wich mit seinem Kopf aus. Schon wieder hatte ich vergessen, dass wir zu nah an der Schule waren, als dass man dabei gesehen werden sollte, wie man mütterliche Zuneigung genoss, doch Ash war nicht genervt. Er sah sich vorsichtig um, bevor er mir ein klitzekleines Lächeln schenkte. Das würde bis zum Abend reichen müssen.

»Hat Dad dir dabei geholfen?« Ich war nicht wirklich an der Antwort interessiert – ich fragte lediglich, weil ich das Bedürfnis empfand, die Stille zu durchbrechen, die die gesamten fünf Minuten bis zur Schule anzuhalten drohte.

»Nein, das hab ich ganz alleine gemacht«, antwortete Ash.

»Es ist nicht ganz perfekt, denn wenn ich …«, er griff in seine Hosentasche und zog eine grüne Murmel heraus, »diese
Größe benutze, dann dauert es zwischen dreiundfünfzig
und fünfundfünfzig Sekunden, aber wenn ich eine kleinere
benutze, dann geht sie viel zu schnell durch – in etwa vierzig
Sekunden oder so.«

»Wirklich?«

»Ja.« Ash steckte die Murmel energisch zurück in seine
Hosentasche und fuhr fort zu erklären, wie größere Murmeln
einfach steckenblieben und wie er eine extra Schleife einbauen musste, um die gegenwärtige Zeit zu erreichen, aber
eine weitere Schleife obendrauf würde es auf zweiundsiebzig
Sekunden bringen, was einfach viel zu lang war.

Ich hörte genau zu und nickte an den richtigen Stellen, aber
es war mir immer noch schleierhaft, dass er nicht mit Till an
dem Projekt gearbeitet hatte.

»Und was hat Dad davon gehalten, als er es gesehen hat?«,
fragte ich Ash, als er endlich seinen Vortrag beendet hatte.

»Ich glaub nicht, dass er es schon gesehen hat.«

Eine Antwort, die mich noch mehr verwirrte. Doch nun
waren wir bereits an der Schule.

»Du meinst, du hast das echt ganz alleine gemacht?« Ich sah
von dem Projekt zu Ash und dann wieder zurück zu dem Projekt. Ich war wahrhaft beeindruckt. Als ich ihn wieder ansah,
lächelte Ash zögerlich. Er war nicht sicher, in welche Richtung
dies gehen würde. Er hatte wieder diesen Blick – den »Rastet
Mum gleich aus und schmeißt was durch die Gegend?«-Blick.
Und in dem Bruchteil der Sekunde, den ich brauchte, um

mich zu fragen, warum er so etwas denken würde, und dabei gleichzeitig versucht, zuversichtlich zu lächeln, entschuldigte sich Ash.

»Wofür?«

»Also Dad hat vergessen, mir zu helfen. Und du warst zu müde. Also habe ich es selber gemacht.« Er trat nervös von einem Bein aufs andere. »Aber ich wollte nicht, dass ihr beiden darüber streitet. Deshalb habe ich es keinem von euch gesagt.«

In der Zwischenzeit hatten wir sein Klassenzimmer erreicht. Er hielt mir seine Hände entgegen, und ich reichte ihm das Projekt herüber. Ich sah nach der Zeit – er war eindeutig zu spät. Ash und ich einigten uns ganz ohne Worte, dass dies ein Fortsetzung-folgt-Gespräch war. Ich klopfte sacht an die Klassenzimmertür und schob ihn leise hinein. Ich nickte seiner Lehrerin entschuldigend entgegen und warf Ash eine Kusshand zu. Nein, das stimmt nicht ganz – das mit der Kusshand stellte ich mir lediglich vor. Ich entschied mich dafür, es bei einem entschuldigenden Nicken zu belassen. Ash weiß, dass ich ihn liebe.

* * *

Kareem geht. Kurz vorher schiebt er mir etwas Geld in die Hand. Er sagt mir, dass er lieber verhungern würde, als jemals wieder Geld von mir zu leihen. Jetzt schaue ich ihm dabei zu, wie er das Zimmer durchquert und im Partygewirr verschwindet. Ich versuche, den Sinn unserer kurzen Unterhaltung zu begreifen.

Zuerst faselte er irgendwas über Tills Chefin. Wie sie seine E-Mailadresse gehackt hatte und viel zu viel darüber herausgefunden hatte, wo Till an den Tagen war, an denen er nicht bei der Arbeit war. Ich murmelte irgendwas darüber, dass ich weder an Till noch seiner Chefin interessiert war.

Dann wurde noch etwas über einen Briefumschlag gesagt. Jemand hatte ihr Fotos geschickt. Ich sagte nichts dazu. Kareem fragte mich, ob ich irgendetwas damit zu tun gehabt hätte. Ich schwieg weiterhin, und ich hoffe, der Blick, den ich ihm zuwarf, drückte Fassungslosigkeit aus.

Und was sagte er dann? Ich schließe meine Augen, um nicht mehr zu wanken, während ich versuche, mich zu erinnern.

Ja. Dann sagte er mir etwas über die Polizei und Möhlau und darüber, dass Tills andere Frau deportiert wird.

– Pah! Geschieht ihr recht.

Ich glaube, davor sagte er mir irgendwas darüber, dass Ama nach mir gesucht hatte. Sie war schon nach Hause gegangen? Weil Ash anscheinend weg von Janik wollte?

– Wie dem auch sei.

Er sagte irgendwas darüber, dass er nun zu Ama gehen würde.

– Ist mir doch egal.

Jetzt kann ich sehen, dass alle Augen auf mich gerichtet sind. Ich stecke das Geld in meine Tasche. Kareem ist weg. Diverses Getuschel und Kopfschütteln. Plastiklächeln. Nun wird mir klar:

Diese Arschlöcher haben es die ganze Zeit über gewusst.

Ich kann es ihnen an ihren Gesichtern ansehen. Und monatelange komische Kommentare und Bemerkungen fügen sich wie Puzzleteile zusammen. Sie wussten, dass mein Mann eine Affäre hatte. Und keiner von ihnen hatte sich die Mühe gemacht, es mir zu sagen.

Jetzt hebe ich etwas hoch – meine Handflächen sind verschwitzt.

Jetzt schaue ich diesem Etwas dabei zu – als es durch die Luft fliegt und gegen die Wand knallt, ich erkenne es als Weinglas – wie es in Millionen kleiner Scherben zerbricht.

Jetzt sind Blicke voller Entsetzen auf mich gerichtet. Gut so. Besser als Mitleid.

Jetzt packt mich jemand bei den Schultern, sagt mir, ich solle vernünftig sein.

Jetzt bricht eine Stimme aus meinem Bauch heraus und füllt den gesamten Raum. Ich bin so wütend, ich kann nicht mal mehr klar sehen.

»Vernünftig?«

Jetzt greife ich mir einen »unschuldigen« Zuschauer, lege beide meine Hände hinter seinen Kopf und ziehe sein Gesicht zu meinem. Jetzt gebe ich ihm einen langen unnachgiebigen heftigen Kuss. Er sieht perplex aus, als ich mich triumphierend an seine Freundin wende. Jetzt frage ich sie:

»Fühlst du dich gerade vernünftig?«

Jetzt sage ich ihm, dass er verschwinden soll. Ich sage ihnen allen:

»Haut ab, alle!«

Jetzt kommt Die Australierin aus dem Badezimmer. Sie sieht schockiert aus. Sie alle tun es.

Jetzt renne ich ins Badezimmer und knalle die Tür hinter mir zu. Da sind Stimmen voller Verwirrung, irgendjemand klopft an die Tür und murmelt sanft etwas, was mich weder interessiert, noch bin ich fähig, es zu hören.

»Raus!«

Ich lasse einen heftigen Tritt gegen die Badezimmertür auf meinen Befehl folgen – ich gebe diesem Tritt alles, was ich habe. Der Schmerz ist unerträglich, aber – o ja! –, das ist es mir wert. Ich schnappe mir etwas Toilettenpapier und wickele es um meinen blutenden Fuß.

Jetzt verliere ich mein Gleichgewicht und falle zu Boden.

Jetzt fange ich an, mich zu übergeben …

* * *

Ich nannte es das »Holzbrettgefühl«. Ich fand ihn einfach nicht mehr attraktiv. Ich konnte mir minutenlang heimlich seinen nachdenklichen Gesichtsausdruck anschauen, während ich eigentlich ein Exposé schreiben oder irgendeine Mischung anrühren sollte. In den ersten Tagen, nachdem wir uns kennenlernten, zauberte allein der *Gedanke* daran, ihn anzuschauen, ein zaghaftes Lächeln auf meine Lippen und jagte elektrische Spannungen meine Wirbelsäule hoch und runter. Jetzt, wenn überhaupt, gähnte ich vielleicht. Till? Ich gebe mir nicht mal die Mühe, ihn zu ignorieren. Nichts an ihm bewegte mich noch. Das Tragische daran jedoch ist: Till ist einer der schönsten Männer, die ich je kennengelernt habe – in jeglicher Hinsicht. Möglicherweise zu schön …

Wir hatten uns zufällig alleine zu Hause wiedergefunden. Die Kinder hatten separate, aber günstig miteinander koordinierte Termine, was bedeutete, dass keiner von ihnen in den nächsten Stunden nach Hause kommen würde. Wie üblich, wenn sich eine so gute Gelegenheit darbot, öffnete ich die Tür, während sie noch am Ende unserer Straße um die Ecke schlenderte. Ich würde kein Klopfen versäumen. Ich packte sie mit beiden Händen beim Schopf und zerrte sie in meine Wohnung – wenn Gewalt vonnöten ist, so sei es.

Ich steuerte direkt auf mein Schlafzimmer zu. »Unser Schlafzimmer«, damals. Und ich schickte ein leises Stoßgebet zum Gott aller unter Schlafentzug leidenden Mütter, in der Hoffnung, dass Till nicht versuchen würde hereinzukommen. Ich stellte ihn mir in der Küche vor (Till, nicht Gott), wie er etwas zu essen für uns vorbereitete, und ich wusste, dass ich, wenn ich auch dort gewesen wäre, etwas an der Art und Weise, wie er die Pilze schnitt, ohne ein vernünftiges Schneidebrett zu benutzen, oder daran, wie er den Orangensaft direkt aus der Packung trank, auszusetzen hätte. Er verzehrte sich danach, in meiner Nähe zu sein, und litt dann, wenn ich es war. Er hatte aufgegeben, auf jegliche Äußerung emotionaler Zuwendung von mir zu hoffen. Und ich fühlte mich nicht einmal mehr schuldig dafür, es nicht mehr zu versuchen. Ich hatte es versucht. Und ich war gescheitert. Und jetzt reichte es.

Unser Schlafzimmer damals: ein Niemandsland. Zugänglich für beide, wann immer wir einen Waffenstillstand hatten; zugänglich nur für einen, wenn Kampf angesagt war. Ich fühlte mich dort geborgen. Ich zog es unverhohlen den Familienräumen unserer Wohnung vor. Ich lag im Bett und versuchte zu lesen. Frischs Worte blieben zusammenhanglose Einheiten. Ich las etwa zehn davon, eins nach dem anderen, mehrere Male hintereinander. Sie weigerten sich, irgendeine Art von Satz zu bilden, geschweige denn einen sinnvollen. Schließlich ließ ich *Andorra* aufgeschlagen und umgedreht auf meinem Bett liegen und kehrte ihm den Rücken zu. Keine seltene Handlung meinerseits und nicht nur etwas, was ich mit Worten auf Papier machte. Ich schloss meine Augen und versuchte zu schlafen.

Es klopfte an der Schlafzimmertür. Ich gab einen Laut von mir, der so viel bedeutet wie »wenn es sein muss«. Till öffnete die Tür einen Spalt und gab mir zu verstehen, dass das Telefon, welches er in seiner Hand hielt, meine Aufmerksamkeit benötigte.

»Es ist Ama – wegen Samstag.«

Ich schaute für mehrere Sekunden die Zimmerdecke an und hatte einen inneren Wutanfall, bevor ich mich aufsetzte. Wenn Ama wegen Samstag anrief, dann stimmte etwas nicht. Till lief entschuldigend zum Bett, und ich seufzte ungeduldig, weil er so verdammt langsam war. Ich murmelte etwas, was annähernd einem »Danke« glich, als er mir das Telefon reichte, und vermied es, Blickkontakt mit ihm aufzunehmen. Ich denke, dieser Moment könnte es gewesen sein – der Tropfen, der das Fass zum Überlaufen brachte. Alles war anders danach. Danach, glaube ich, gab Till auf. Und danach ging es

lediglich darum, das in die Tat umzusetzen, was er in Gedanken bereits in Worte gefasst hatte. Ich sah all diese »Danachs«
im selben Augenblick, in dem ich meine Augen von ihm ab-
wendete. Mir wurde jedoch erst viel viel später klar, dass das,
was ich gesehen hatte, einen Namen hatte. Man nannte es:
Untreue.

*   *   *

Eine Sache, die mir an Der Australierin aufgefallen ist – etwas,
was mich bis über alle Maßen aufregt –, ist ihre Unfähigkeit,
in der Gegenwart zu bleiben. Sie macht es einfach nicht. Wo
auch immer du und ich uns befinden, Die Australierin war
bereits dort oder muss manchmal, was noch anstrengender
ist, erst noch dort ankommen.

Als ich sie zum Beispiel das letzte Mal sah, während eines
Konzerts, lächelte sie glücklich, klopfte mit dem Fuß im Takt
auf den Boden und schnippte mit den Fingern. Heutzutage
sehe ich sie nicht so oft glücklich – es scheint so, als könne
Aloe Blacc nicht nur abgefahrene Tanzschritte aufs Parkett
legen, sondern auch Wunder bewirken. Wir hatten alle viel
Spaß, und ich gab ihr recht, dass die Musik phantastisch war,
aber das reichte nicht. Die Australierin fuhr fort, mir zu erzählen, wie sie sich vorstellen konnte, »I need a dollar, dollar,
dollar is what I need – hey! hey!« auf voller Lautstärke in ihrem Cabrio zu hören und mit nur einer Hand am Steuerrad
und runtergerollten Fenstern umherzufahren. Und sie meinte nicht etwa einen tatsächlichen Ausflug, den sie machen
würde, sagen wir morgen oder nächste Woche. Sondern zu

irgendeiner unbestimmten Zeit in der Zukunft, wenn sie es sich zum Beispiel wirklich leisten könnte, ein Auto zu kaufen. Oder auch nur eins zu mieten. Ich habe Gabi insgeheim den Spitznamen »Die Australierin« gegeben, weil ich früher glaubte, dass sie sich in einer völlig anderen Zeitzone befindet, aber jetzt wird mir klar, wie falsch ich damit lag. Ich sollte sie »Die Vulkanierin« nennen, weil sie in Wirklichkeit irgendwo in einer Parallelwelt lebt.

Als wir uns anfangs an der Universität kennenlernten, verstanden wir uns gleich prächtig. Während eines dieser »Kennenlernseminare« stellte sich heraus, dass keine von uns irgendeinen der Titel der anderen Dissertationsvorschläge verstand, und wir hatten keine Scheu, es zu zeigen. Ich denke, Werner gefiel unser Sinn für Humor, und wahrscheinlich willigte er ein, unser Doktorvater zu werden, weil wir ihn zum Lachen brachten. Auch ich mochte Werner. Er hatte ein farblich schlecht abgestimmtes Toupet, leicht gelbliche Zähne und die bedauernswerte Angewohnheit, Birkenstocks zu tragen. Und dennoch, seine Liebe für deutsches Theater (ich nannte es weißes, heterosexuelles, männliches deutsches Theater, wenn er außer Hörweite war) war inspirierend und ansteckend. Die Australierin und ich waren außerdem die einzigen beiden Frauen im Germanistikinstitut, die Kinder hatten …

granatsplitter (73):

»sag das noch einmal, und
ich schwöre, ich werde ...«

sieben

… stolziert hocherhobenen Hauptes durch die Welt und gibt einen feuchten Dreck, was irgendjemand denkt. Obwohl sie keine eineiigen Zwillinge sind, ziehen Ash und Beth beide einen androgynen Look vor – lange Haare, meistens Cornrows, aber auch manchmal einen Afro im Angela-Davis-Stil und sportliche Klamotten –, demnach verwechseln die Leute sie häufig. Das bedeutet, dass Ash manchmal von irgendeinem wütenden Mitarbeiter in der Elektronikabteilung von Saturn angeschrien wird, weil »sie« es wagt, den Laden zu betreten, obwohl »sie« Hausverbot hat; oder Beth wird auf der Straße angehalten, ihr werden zwei Euro von einer freundlichen Rentnerin in die Hand gedrückt, und ihr wird noch einmal dafür gedankt, netterweise am Tag davor die Einkäufe in die Wohnung im vierten Stock getragen zu haben. Manchmal wirkt sich das sogar auf ihre Schulnoten aus – Ama sagt mir, dass sie ein wenig besser für Beth ausfallen, als sie es sollten, weil einige der fauleren Lehrer durcheinanderkommen und es nicht zugeben wollen. Und Beth nutzt das natürlich zu ihrem Vorteil: Sie ist nicht blöd. Ich denke, Ash hat darunter gelitten, aber hält es im Großen und Ganzen für wichtiger, Beths Leichtsinn zu decken, als seinen eigenen Namen reinzuwaschen. Ich versuche, dagegen anzukämpfen, aber am Ende kann ich nicht zwischen sie treten – und das ist wahrscheinlich gut so.

Trotzdem, es kommt eine Zeit, in der Mütter von Frau zu Frau mit ihren Töchtern reden sollten, und ich hätte es auf jeden Fall vorgezogen, das Gespräch über »Bienchen und Blümchen« mit Beth alleine zu führen. Obwohl sie gerade mal zwölf war, hatte ich einige beunruhigende Gerüchte über sie gehört. Ursprünglich hatten Till und ich uns geeinigt, dass er es während eines seiner wöchentlichen »Dates« mit ihr ansprechen würde – aber ich beschloss, die Dinge wieder in meine eigenen Hände zu nehmen, als mir klarwurde, dass dies meine einzige Chance sein könnte, Beth so nahzukommen, wie Till es war. Ich war selbst überrascht, dass ich das überhaupt noch versuchen wollte. Ich wusste jedoch, dass es schwierig sein würde, sie allein zu erwischen. Damals verließ sie schlagartig das Wohnzimmer, immer wenn ich es betrat. Und wenn sie mich in der Küche sitzen sah, blieb sie vor der Tür stehen und machte kehrt. Sie betrat mein Schlafzimmer grundsätzlich nie, und ihr Schlafzimmer war für mich tabu. Bevor ich es also gar nicht machen würde, beschloss ich lieber, Ash und Beth gemeinsam einen ernsthaften Vortrag über die Gefahren von ungeschütztem Sex zu halten. Ich ergriff die Gelegenheit eines Nachmittags, als sie gerade einen Film zu Ende geschaut hatten. Ich setzte sie beide an den Küchentisch, gab jedem von ihnen eine Banane und ein Kondom, und wir sprachen für mindestens eine Stunde miteinander. Das heißt, Ash und ich sprachen. Beth und ich stritten uns über irgendetwas – ich weiß nicht mal mehr, um was es ging. Ash hatte sich einfach geweigert zu antworten, als ich ihn fragte, ob er mich verstanden hatte, und wenn ja, ob er es bitte schön seiner Schwester erklären könne. Beth, die bis heute felsenfest davon überzeugt ist, dass ich in Wirklichkeit die Worte »blöde Schwester« benutzt hatte, donnerte die kondomumhüllte Banane auf den Küchentisch und knallte heim Herausstürmen die Tür zu. Weil die Banane an dem Ende, welches mit dem Kondom überzogen war, aufgeplatzt war, kicherte Ash. Meine Gedanken hatten noch nicht aufgehört, aufgrund von Beths dramatischem Anfall, hin und her zu taumeln, aber am Ende musste ich auch ein wenig lachen. Ich gebe zu, wenn ich Beth gewesen wäre und an der anderen Seite der Küchentür gestanden hätte und meine Mutter und meinen Bruder hätte lachen hören, dann hätte ich auch voller Empörung die Wohnung verlassen.

Ich kann mich nicht an Auntie wenden, wenn ich Rat suche. Sie versteht meinen Erziehungsstil nicht. Absolut. Nicht. Und was Beth betrifft, so ist Auntie davon überzeugt, dass ich mir das alles selbst eingebrockt habe. Sie hat mir immer noch nicht dafür vergeben, dass ich Beths Ohrlöcher nicht bei der Geburt habe stechen lassen. Sie versteht immer noch nicht, warum Beth ihre Haare nicht glättet oder wenigstens ein paar schöne Haarverlängerungen wie Ama bekommt. Und sie war wahrhaftig geschockt, als sie erstmals bemerkte, dass ich Beth nicht dazu erzogen hatte, ihre eigene Unterwäsche jeden Abend per Hand zu waschen.

»Nur weil sie einen *Whitey* Vater hat, heißt das noch lange nicht, dass sie keine Ghanaerin ist!« (Um ehrlich zu sein, lachte ich, als ich den Hörer auflegte, aber als ich Till später erzählte, was Auntie gesagt hatte, war er gar nicht amüsiert.)

Und wann immer Ash mir innerhalb Aunties Hörweite widerspricht, zieht sie die Augenbrauen hoch (ich kann sogar hören, wie sie sich langsam hoch bewegen, wenn es passiert, wenn wir gerade am Telefon sind), und mein Herz sinkt herab. Ich weiß, dass eine lange Rede über die Vorteile davon, meine Kinder zurück nach Ghana zu schicken, bevor Deutschland sie völlig ruiniert, kurz bevorsteht.

»Sie müssen Respekt gegenüber Älteren lernen!«

Das war sogar schon ihr Mantra, als ich ein Kind war. Sie scheint jedoch nicht zu verstehen, dass es damals deswegen funktioniert hat, weil es nur die eine von mir gegen drei Erwachsene gab. Jetzt bin ich schon wieder in der Unterzahl, aber nicht so, dass es mir erleichtert würde, gut angepasste, gottesfürchtige und das Alter respektierende ghanaische Kinder großzuziehen. Auntie wollte mich mit ihren regelmäßigen Telefonberatungssitzungen unterstützen, aber in Wahrheit beruhigten sie mehr sich als mich.

Da Beth und ich in fast gar nichts übereinstimmten, beobachtete ich ihre diversen Entwicklungsstadien meist aus einem (gewissen) emotionalen Abstand. Sie schien es zu bevorzugen, sich selbst großzuziehen und selbstverständlich gewillt zu sein, auf das Privileg meiner Weisheit zu verzichten. Für sie sah es so aus, als hätte ich meine Niederlage akzeptiert und würde meine mütterliche Tatkraft stattdessen auf das eine meiner Kinder fokussieren, welches diese noch wertschätzen konnte.

Meistens konnte ich meine Traurigkeit vor Ash verstecken. Einmal jedoch, nach einer weiteren langen und hitzigen Auseinandersetzung mit Beth, die im Badezimmer stattgefunden hatte und dort endete, nachdem eine komplette Tube Zahnpasta in der ganzen Badewanne umhergespritzt wurde, murmelte ich leise etwas in *Ga* vor mich hin, womit meine Mutter mich immer angeschrien hatte (es ist so ungefähr der einzige flüssige Satz, den ich in *Ga* sagen kann). Beth war schon gegangen, aber mir war nicht klar, dass ich nicht allein war.

»Was bedeutet das?«, hatte Ash gefragt. Ich drehte mich um und sah ihn, wie er mich anguckte. Das eine Mal, dass er *sofort* gekommen war, nachdem ich ihn kurz zuvor gebeten hatte, die saubere Wäsche aus der Maschine zu holen.

Ich sagte ihm, es sei ein altes traditionelles afrikanisches Sprichwort. Er kaufte es mir nicht ab.

* * *

Vor einer Stunde verließen Till und ich die Party, stiegen in ein Taxi und wurden direkt zu ihm nach Hause gefahren. Zu ihm nach Hause. Diese Vorstellung fühlt sich immer noch befremdlich an. Ich erinnere mich kaum noch an den Trip, außer dass es unglaublich schnell, heiß und feucht war. Ich sagte niemandem, dass ich gehen würde, und wir waren ziemlich schnell – es ist möglich (wenngleich auch nicht sehr wahrscheinlich), dass nicht mal jemand die Abwesenheit des Geburtstagskindes bemerkt hat.

Ich habe aufflammende Erinnerungen …

Mein Daumen, der seinen Hinterkopf und Nacken heruntergleitet.

Tills Zähne, die sanft an meinem Ohrläppchen zupfen.

Meine Haare, die über meinem Gesicht liegen, feucht wie ein Brautschleier.

Wir beide zusammen atmend, tief, rhythmisch. Tills Augen auf meine gerichtet.

Dann Dunkelheit.

Er flüsterte etwas, während meine Augen geschlossen waren. Ich antwortete mit einem gehauchten Versprechen, dass es mir gutginge, dass es wunderschön gewesen sei, und ich besiegelte es mit einem sanften, aber trotzdem beharrlich ermutigenden Kuss.

Wir weinten zusammen.

Wir wussten beide, dass dies das letzte Mal gewesen war. Till hatte zuerst angefangen zu weinen. Seine Tränen fühlten sich warm auf meiner linken Brust an, und es gefiel mir. Als ich jedoch seine babyweichen Haare streichelte, fiel mir nicht eine einzige Sache ein, die ich hätte sagen können. Keine Worte, so schien es, könnten einem Moment wie diesem gerecht werden. Und so schlang ich meine Beine liebevoll um seine, streifte seine Stirn ein letztes Mal mit meinen Lippen und ließ alles andere gehen.

Wir zogen uns alleine an.

Während ich in seinem Zimmer stand und zusah, zog er einen Socken an und dann den nächsten. Ich liebe seine Hände. Er sah so müde aus. Ich kann nicht lügen – es tat mir weh, als er zurückwich. Ich hatte nur meinen Lippenstift von seinem Hals wischen wollen. Nachdem wir so viel geteilt hatten, war die Last einer weiteren Berührung – so schien es – mehr, als er ertragen konnte. Aber ich fühlte mich hässlich und ausgespuckt. Mich rückwärts bewegend, entfernte ich mich behutsam aus seiner Komfortzone. Es war klar, dass ich nicht länger dort hingehörte. Spuren von mir, so wie der Lippenstift, würden bald verblassen.

Er lächelte mich an.

Nur einmal. Es war, als wir aus dem Taxi stiegen. Er lächelte zu dem Rhythmus meines zerbrechenden Herzens. Dann, als er wegging, folgte ich ihm zurück auf meine Party. Till mischte sich unter die Gäste und war weg. Und noch bevor der nächste Gast mir gratuliert hatte zu »schon wieder 21!«, hatte der erstickende Schmerz nachgelassen. Im Angesicht so vieler Caipirinhas hätte es nur so oder so enden können. Glücklicherweise ist mein Wille zu feiern stärker: *Last night a DJ saved my life.*

Ich tanze allein.

Die Ankunft von Kareem ist perfekt getimt. Ich spüre seine Hand auf meinem Arm und weiß, dass ich sowieso nicht einen Moment länger tanzen kann. Jetzt drehe ich mich um, um ihn anzusehen, aber bin nicht fähig zu sprechen.

»Du siehst scheiße aus.«

Ich denke, das ist wohl wahr. Genau genommen sieht Kareem mich an, während er spricht, als hätte ich zwei Köpfe. Ich öffne nun meine Augen, so weit ich kann, aber versuche keine Antwort. Kareem stammelt diverse andere lose miteinander verbundene Wörter, welche alle sicherlich Englisch sind, aber genauso gut Französisch oder sogar *Ewe* hätten sein

können – ich kann kein einziges von ihnen hören, mit Ausnahme der letzten fünf:

»Meine Schwester, wir müssen reden.«

Ach verdammt! Seit wann geht man zu einer Party, um zu
reden? *Was ist los mit manchen Leuten?*

* * *

In dem Jahr, als ich geboren wurde, wurde Auntie dreiundzwanzig, und ihr Ehemann starb. Es ging scheinbar schnell.
Herzinfarkt. Auntie war schockiert und fühlte sich bedroht.
Albert, ihr verstorbener Ehemann, hatte zweihundert Pfund
im Monat von ihr erhalten, allein für das Privileg, mit ihm
verheiratet sein zu dürfen. Niemand hatte vorher von diesem
Deal gewusst – nicht mal Auntie. Aber sie war einfallsreich
und scharfsinnig. Sie hatte sich dem Schneidern zugewandt
und hatte bald eine Kundschaft westafrikanischer Frauen aufgebaut, die gewillt war, sehr gut zu zahlen für wunderschöne
Kleider für die zahlreichen gesellschaftlichen Veranstaltun-
gen, die ständig stattfanden. Auntie hatte niemals zu wenig
Arbeit. Als er sah, wie gut ihr Geschäft lief, erhöhte Albert
seine Gebühr auf dreihundert Pfund. Ich traute meinen Ohren nicht, als Auntie mir diese Details erzählte, aber sie zuckte
mit den Schultern.

»So ist das für Frauen. Überall auf der Welt.«

So war es also nicht sein plötzlicher Tod, der sie schockier-
te oder sie bedrohte. Sie hatte genügend Unterstützung von
Nachbarn und Kundinnen, um Bankgeschäfte und Steuern
und Sozialversicherungsbeiträge zu bewältigen. Nein, es war

meine Geburt. Jetzt, wo sie wieder eine alleinstehende Frau war, war es die Pflicht meines Vaters, die Rolle des Mannes in ihrem Leben zu spielen. Und obwohl sie kaum Kontakt miteinander gehabt hatten, seitdem sie etwa zwei Jahre früher in London angekommen war, sah er nun auf einmal das praktische Potential daran, Kontakt mit seiner jüngsten Schwester aufzunehmen. Meine Eltern hatten nicht wirklich vorgehabt, so früh mit dem Kinderkriegen anzufangen, und Aunties plötzliches Witwentum traf wunderbar mit meiner ungeplanten Geburt zusammen.

Aunties Vorname ist Patience, und sie brauchte bestimmt jede Menge davon. Nachdem meine Mutter und mein Vater ihre Familienbesprechung mit ihr beendet hatten, hatte man sich geeinigt, dass ich zu ihr ziehen würde, wenn ich sechs Monate alt war. Bis dahin würde Auntie jeden Tag für mich sorgen, und meine Eltern würden ihr einen kleinen Geldbetrag dafür geben. Aber das Geld, das sie von meinen Eltern bekam, deckte ihre Ausgaben nicht, und sie konnte nur noch sporadisch als Schneiderin arbeiten. Sie musste Untermieter aufnehmen. Für die ersten drei Jahre meines Lebens teilten Auntie und ich uns ein Bett in dem kleinsten Zimmer des Hauses, welches tagsüber als Wohnzimmer diente.

Auntie liebte es, mir Geschichten zu erzählen, meistens darüber, wie sie als junges Mädchen war, und von den Stränden in Ghana und von ihren Plänen, ein großes Auto zu kaufen. Als sie heranwuchs, aß sie nicht täglich Fleisch. Mit großer Wahrscheinlichkeit wurden die besten Fleischstücke, wenn es sie gab (meist zu besonderen Anlässen), den ältesten (männlichen) Familienmitgliedern gegeben. Einmal erzählte sie mir die Geschichte davon, wie sie beschlossen hatte, Spanisch zu lernen. In der Schule hatte sie ihre Augen geschlossen, den Atlas aufgeklappt und ihren Finger auf eine Seite getippt. Als sie ihre Augen wieder öffnete, befand sich ihr Zeigefinger genau im Zentrum von Venezuela. Selbst als sie einige Jahre später heiratete, hielt sie immer noch an der Hoffnung fest, dass sie in London einen guten Spanischkurs würde finden können.

Ich war fasziniert von Aunties Experiment und probierte deshalb dasselbe aus. Am Morgen meines achten Geburtstags nahm ich den Atlas aus dem Bücherregal und legte ihn auf den Tisch. Es war ein ruhiger, vielversprechender Morgen – die Magie war in diesem Moment an meinen Fingerspitzen. Ich schloss meine Augen und blätterte die Seiten des Atlas auf. Ich hob langsam meine Hand und ließ sie voller Erwartung über den Seiten schweben, bevor ich mit dem Zeigefinger an das Buch unter mir heranzoomte. Als ich meine Augen öffnete, war mein Zeigefinger genau unter einem Wort platziert, das ich kaum aussprechen konnte. Viele Jahre lang hörte sich »Magdeburg« in meinem Kopf so an wie »mardsch-de-bag«.

Auntie sagte mir später, dass das Land, das ich ausgewählt hatte, Ostdeutschland hieß.

In dieser Nacht lag ich auf meinem Bett und machte eine Liste von allen deutschen Dingen, von denen ich gehört hatte. Die Liste war kurz – und fehlerhaft. Nach mehreren Stunden war alles, was ich hatte Kindergarten, Volkswagen und Heidi. Später lernte ich, dass Heidi schweizerisch war. Nichtsdestotrotz war ich begeistert von dem Gedanken, nach Ostdeutschland zu ziehen, selbst nachdem ich von der Mauer, Nazis, Kommunismus, Leberwurst und Vokuhilas erfuhr. In der Schule wählte ich »Deutsch« als meine zweite Fremdsprache. Ich lernte fleißig und ließ mich nicht von den drei Geschlechtern des bestimmten Artikels abschrecken, der Tatsache, dass das zweite Verb an das Ende des Satzes gestellt wird, und der zungenverdrehenden Existenz der Umlaute. Meine deutschen Lesematerialien waren voll von weißen Kindern, die Klaus oder Liesl hießen. Ich glaubte ehrlich, dass ich die erste Schwarze Person sein würde, die jemals deutschen Boden betreten hatte – und ich liebte diese Vorstellung. »One small step for man« und so weiter … ich war auf dem Weg nach Magdeburg! Zumindest, bis die Mauer fiel. Ich verfolgte die ganze Sache auf BBC in dem Jahr, in dem ich achtzehn wurde, und sah, wie alle sich auf den Weg in den Westen machten. Berlin war scheinbar *die* Stadt schlechthin. Und es ist auch gut, dass ich es mir anders überlegte, denn dort lernte ich meinen Mann kennen.

* * *

In meinem Leben gibt es drei Gewissheiten. Die erste ist, ich werde, unabhängig davon, wie spät ich von zu Hause losgehe, unabhängig davon, wie schnell ich laufe, unabhängig davon, wie sehr ich die Daumen drücke oder freundlich all die Leute anlächle, denen ich auf dem Weg zum U-Bahnhof Gneisenaustraße begegne, immer auf dem Bahnsteig ankommen, wenn der Zug gerade losfährt. Mein Glaube an dieses Ereignis ist so unerschütterlich, ich könnte eine Religion darauf gründen.

Dieser Morgen war wie die meisten anderen. Ich hatte meinen Wecker zu einer irrsinnig frühen Stunde gestellt, um noch ein paar Minuten länger liegen bleiben zu können. Und ganz unweigerlich schlief ich ein. Ich wachte auf, als es schon hinter der Fröhlich-verantwortungsbewussten-Mutter-Zeit war und mitten in der »Hab ich dir nicht gerade gesagt, dass du …?«-»Um Gottes willen, wie oft wirst du noch …?«-und-»Jetzt guck mal was du gerade angerichtet hast!«-Zeit. Jeden Morgen schwöre ich mir, dass es morgen anders wird. Jedes »Morgen« bringt aber mehr von »gestern«, als ich für fair halte, in Anbetracht der Tatsache, dass ich es immerhin gut *meine.*

Beth war schon losgegangen. Den Gedanken, mit Ash und mir zur Schule zu gehen, fand sie nicht sehr attraktiv – um es milde auszudrücken. Ash hüpfte durch die Wohnung, mit einem schmächtigen Bein in seiner Jeans und dem anderen Fuß kurz davor, in die Öffnung an der falschen Seite zu steigen. Gleichzeitig aß er eine Scheibe Toast, die gekonnt zwischen seinen Zähnen klemmte, summte zu einer schwachsinnigen Bushido-Melodie im Radio und vermied es, in meine Richtung zu gucken. Sicherlich eine weise Entscheidung, denn ich war sowieso kein ermutigender Anblick, da ich schon lange meinen Kopf in meine Hände gestützt hatte, in der Hoffnung, dass dieses ganze Spektakel bald vorüber sein würde.

Stichwort Mutter und Sohn …

granatsplitter (127):

»... und dann werden die
Kinder bei mir leben ...«

sechs

… mürrisch, kurz angebunden und ungeduldig. Und der Gesichtsausdruck Der Australierin sagte: *Womit habe ich das verdient?* Sie hat recht.

»Entschuldige«, räumte ich ein, »mir geht gerade eine Menge durch den Kopf.«

Diese Worte reichten ihr aus, um sich alles andere auszumalen. Sie nickte mit Pathos. Sie wusste, dass Till und ich Probleme hatten. Große. Wie genau ich mich deshalb fühlte, war nicht ihr Hauptanliegen. Die Australierin berührte meinen Arm. Ich sah sie an. Es fühlte sich an, als hätte sie eine Grenze überschritten, aber ich unterdrückte erfolgreich das Bedürfnis, zurückzuweichen.

»Wenn es irgendwas gibt, was ich tun kann … egal was …«, sagte sie.

Ich seufzte tief. Sie wollte, dass ich hilfebedürftig war, damit sie mir zeigen konnte, was für eine tolle Freundin sie war. Ich stand an einem Scheideweg – sollte ich nachgeben, was die netteste Variante gewesen wäre? Oder sollte ich einfach mit dem Schreiben fortfahren? Der erste Entwurf von Kapitel sieben sollte bis nächste Woche fertig sein – ich war nicht annähernd so weit. Wäre es möglich, beides zu kombinieren?

»Weißt du«, begann ich zögerlich, »ich verlange immer so viel von dir …«

»Alles! Egal was – sei nicht schüchtern!«

»Okay«, seufzte ich wieder. »Morgen …«

Die Australierin winkte schon die Kellnerin zu uns, damit sie für unseren Kaffee bezahlen konnte.

»Repräsentationen von Männlichkeit in *Mutter Courage* … Ich habe nicht den blassesten Schimmer … und Till arbeitet diese ganze Woche spät … und das Kapitel muss fertig sein bis …«

»Los geht's!« Sie unterbrach mich triumphierend. »Du fängst jetzt mit dem Lesen an. Ich geh mit den Kindern ins Kino!«

Ich kann mir einfach nicht erklären, warum unsere Freundschaft für Die Australierin funktioniert. Jedes Mal wenn ich denke, dass sie sicherlich zu viel bekommen und mich für immer aus ihrem Leben verbannen wird, macht sie einfach weiter – anscheinend kann sie doch nicht genug bekommen.

*　*　*

Ich erinnere mich, dass ich, als wir Kareem kennenlernten, dachte: »Mist, wie soll das bloß funktionieren?« Till ist nicht gerade der gesprächigste Mensch, selbst, wenn er dich gut kennt, und Smalltalk liegt ihm einfach gar nicht. Ich war wirklich überrascht, wie gut die beiden sich an dem Abend verstanden. Zu diesem Zeitpunkt hatte Kareem, ein togolesischer Moslem, der offiziell in irgendeinem Allah-verlassenem Flüchtlingsheim in Brandenburg gemeldet war, aber meistens bei seinen Freunden in Neukölln übernachtete, den Dreimonatsmeilenstein mit Ama geschafft. Was – so viel kannst du mir glauben – für sie eine wahre Leistung war. Innerhalb von dreißig Minuten hatte ich beschlossen, dass ich ihn sehr mochte, obwohl ich im tiefsten Innern immer noch dachte, dass er zu jung für sie war. Nichtsdestotrotz hatte Ama sich in den wenigen Wochen, die sie ihn kannte, verändert – sie war weicher, ihre Ecken und Kanten runder geworden. Sie lächelte viel mehr. Ihre Augen waren strahlender. Der Kareem, den ich aus Amas Erzählungen kannte, war gutherzig, aufmerksam, geduldig, gutaussehend und weise. Schon bevor ich ihn kennenlernte, war ich beeindruckt.

Kareem in natura war nicht weniger beeindruckend. Er hatte diese nüchterne »Nichts zu verlieren«-Ausstrahlung. Jahrelanges Dasein als illegaler Einwanderer in einem abweisenden Land machen das wohl mit dir, schätze ich. Er bereitete unsere Mahlzeit zu – Basmatireis mit Hähnchen und Erdnusssoße –, als würde er sie sich einfach aus dem Ärmel schütteln. Er unterhielt uns die ganze Zeit, während er hackte, abwusch, eingoss und rührte. Er ließ sich nicht einmal aus der Ruhe bringen, als ich ihm zögerlich von meinen Ernährungseinschränkungen erzählte. Ich entschuldigte mich mehrmals dafür, dass ich es nicht vorher erwähnt hatte, und fragte mich im Stillen, warum Ama nicht mit ihm darüber gesprochen hatte. Es faszinierte mich, dass er sogar wusste, was eine Veganerin war. Ich habe es nicht selten erlebt, Sätze wie »Gehörst du zu der Sorte Veganer, die keinen Käse essen?« (Gastgeberin, die mich zum Frühstück eingeladen hat) oder »Wie wäre es mit gebratenem Eierreis?« (Kellner, der mich in einem Restaurant über die veganen Optionen berät) selbst aus den Mündern hochgebildeter Deutscher zu hören. Kareem holte einfach einen weiteren Topf heraus und fuhr mit seinem Kochzauber fort …

… »sans poulet«, lachte er.

Till war in Kareems provisorischer Küche entspannt. Sie hatte nur die minimalen Grundvorraussetzungen – der Rest war improvisiert. Die Fensterbank diente zum Beispiel nachts als Kühlschrank, und der Campingkocher genügte als Herd. Till trank gelassen Bier und hörte sehr interessiert Kareems Einschätzung der deutschen Nationalmannschaft während der Weltmeisterschaft 2010 zu (obwohl Kareem viel sagte, war für Till, als ich ihn später fragte, die unvergesslichste von Kareems Aussagen: »Es war so scheiße!«). Ama und ich ließen sie schließlich mit ihren Gesprächen alleine und setzten uns in Kareems Schlafzimmer.

»Ich mag ihn«, ich lächelte und legte mich auf seine Bettdecke. »Er ist süß.«

Ama strahlte – ihr Freund hatte den Beste-Freundinnen-Test bestanden, und sie war erleichtert.

»Wieso hast du Beth und Ash nicht mitgebracht?«, fragte sie – sie musste das Thema wechseln, weil sie immer noch nicht über Kareem reden konnte, ohne irgendwie albern zu werden.

»Ach!«, stieß ich aus, wobei ich deutlich deutscher klang, als mir selbst angenehm war. »Sie haben wieder mal eine ihrer Rebellionen inszeniert – ich hab sie einfach gelassen.«

Ich versuchte, es spielend abzutun, war aber, um ehrlich zu sein, ziemlich verzweifelt. Meine Kinder nahmen mich einfach nicht ernst. Ich gehe, was solche Angelegenheiten betrifft, nicht in die Tiefe mit Freundinnen wie Ama, die sich für die perfekte Mutter hält, *obwohl* sie keine eigenen Kinder hat. Der Geschirrtuch-Aufstand war von Beth (wem auch sonst?) angeführt worden. Sie hatte sich geweigert, die Spülmaschine auszuräumen, was bedeutete, dass Ash sie nicht, wie vereinbart, einräumen konnte. Inzwischen hatte ich Till bereits versprochen, dass ich damit aufhören würde, die Beherrschung zu verlieren und die Kinder wie eine Verrückte anzuschreien. Glücklicherweise fand ich in diesem Moment ein alternatives Druckmittel. Und das war der Grund, warum keiner von beiden jetzt mit mir hier war.

»Sie sind so unordentlich«, räumte ich als kleine Information ein, »was ich in gewisser Weise gar nicht so schlimm finde, solange es ihre eigenen Räume betrifft. Aber wenn es um Familienräume geht – die Küche zum Beispiel –, macht mich das wahnsinnig.«

Ama hmmte ihr Verständnis. Ich fühlte mich ermutigt fortzufahren.

»Und wenn ich ihnen sage, wie ich mich fühle, dann interessiert sie das einen feuchten Dreck. Ash versucht wenigstens, irgendwie, so gut er kann, zuzuhören, aber Beth ...« Ich schüttelte meinen Kopf. »Ich verstehe nicht, wie jemand so absolut gar kein Bewusstsein für die Gefühle und Bedürfnisse anderer haben kann. Ich will sie nicht nur einfach kritisieren, ich will sie wirklich verstehen, aber es ist einfach alles andere als meine eigene Art ...«

»Was hast du gerade gesagt?«, fragte Ama.

»Ich sagte, es ist alles andere als meine eigene Art, sich der Gefühle anderer so unbewusst zu sein – ich meine …«

Ama sah mich an, dann brach sie in schallendes Gelächter aus. Und so fing der Streit an.

Als Till seinen Kopf ins Schlafzimmer steckte, um uns beide in die Küche zum Essen zu rufen, las Ama die Inhaltsstoffe von Kareems »Let's Dred«-Bienenwachs zum dritten Mal, und ich tat so, als würde ich mich intensiv darauf konzentrieren, die Termine in meinem Kalender zu ordnen. Till schätzte die Situation sofort richtig ein und konnte sich einfach das Grinsen nicht verkneifen. Ich warf ihm einen bösen Blick zu, was ihm keine Angst einjagte, aber ihn vielleicht erfolgreich davon abhielt, irgendeinen neunmalklugen Kommentar abzugeben. Ich glaube, Ama hätte noch zurückbleiben wollen, um erst die Situation zwischen uns zu klären, aber ich drängte mich einfach an Till vorbei.

Das Abendessen war köstlich, obwohl die Pilzstückchen in meinem Hals steckenblieben. Aber die anderen, rücksichtslos, wie sie waren, ließen sich durch meine schlechte Laune ihre eigene nicht verderben. Ama entspannte sich schnell und saß am Ende der Mahlzeit sogar auf Kareems Schoß. Es gab nichts, was ich hätte tun können, um die Einladung zu verhindern. Till hatte zugegeben, dass er keine Ahnung hatte, wie ein Heim für Asylsuchende aussah, und Kareem hatte ihm angeboten, am folgenden Wochenende mit ihm nach Möhlau zu fahren, um sich eins anzuschauen. Ich war mir nicht sicher, dass Till wirklich wusste, was ein solcher Besuch bedeuten würde. Er würde sich nie wieder unwissend stellen können, in irgendeinem Gespräch über das Wohlbefinden von Asylsuchenden in Deutschland. Ich war mir jedenfalls zu diesem Zeitpunkt nicht bewusst, dass Tills Besuch in Möhlau auch mein Leben für immer verändern würde.

* * *

Ich tanze zu »It's Raining Men« und fühle mich unübertrefflich. Mein Bierflaschenmikrophon in der einen Hand, meine Augen geschlossen und meine Stimme, die von den Wänden widerhallt. Singen, als könnte mich niemand hören! (Obwohl ich schon das Gefühl hatte, als wäre irgendein armer kasachischer Bauer am anderen Ende des Mugodschar-Gebirges gerade aus friedlichem Schlummer gerissen worden, als ich voller Inbrunst »God bless mother nature!« sang. Wie dem auch sei.)

Jetzt meistert der DJ erfolgreich den Übergang von den Weather Girls zu Boys II Men – »End of the Road«. Die Gäste bekunden ihre Zustimmung, indem sie »PAAARTY!« rufen (ich habe ihnen das beigebracht). Ich folge strikt einem ungeschriebenen Gesetz, das es Frauen verbietet, bei Männerliedern mitzusingen, also wird meine Bierflasche würdevoll ihrem rechtmäßigen Besitzer übergeben. Erst dann bemerke ich, dass Till der Besitzer ist. Und Till hat mich während des gesamten Auftritts beobachtet. Und ich bin kurz davor, ihn zu fragen:

»Was zum Teufel machst du hier?«

Aber etwas an diesem Moment. Etwas an der Art wie er mich anschaut. Etwas an dem Gefühl – die Haut an unseren

Fingerspitzen, die einander streifen, als ich ihm die Flasche reiche. Es macht alles Sinn. Es fühlt sich irgendwie richtig an.

Und ich frage ihn, ob er tanzen will.

Und er sagt ja.

Sprechen, ohne zu sprechen.

Till lässt das Bierflaschenmikrophon irgendwo verschwinden; er nimmt meine beiden Hände in seine. Ich führe ihn zur Mitte der Tanzfläche. Ich erinnere mich nicht daran, dass irgendwer den Weg frei machte. Ich erinnere mich nicht an irgendwen. Jetzt tanzen Till und ich. Jetzt hängen meine Arme locker um seinen Hals. Jetzt ruhen seine Hände respektvoll auf meiner Taille. Und ich beginne, mich atemlos zu fühlen.

Ich tanze mit meinem Ehemann.

Vor knapp zwanzig Minuten hörte ich mir bei einem inneren Monolog zu und stimmte all dem zu, was ich gesagt hatte. Till drückt meine Taille. Nur ganz leicht. Nur genug, um mich wissen zu lassen, dass wir uns jetzt jenseits von platonischem Territorium befinden. Es fällt mir schwer, mich jetzt an meinen Monolog zu erinnern. Es ist, als würde Till meine Gedanken lesen. Das könnte doch sein. Möglicherweise hat Till die Macht, Erinnerung aus meinem Kopf zu drängen. Vielleicht benutzt Till seine Hände, um »vergiss das alles mit deinem Versprechen, nie wieder mit mir zu reden« zu sagen oder …

so …

ähnlich …

Jetzt stehe ich auf meinen Zehenspitzen, leicht wiegend, weil er sich sanft bewegt, rhythmisch die Musik begleitend.

Ich bleibe lange genug in dieser Position, um flüstern zu können (warte! … o Gott … bin ich wirklich kurz davor zu …?).

»Du kannst deine Hände auf meinen Hintern legen, weißt du?«

(O verdammt … zu spät … na ja, jetzt kann ich das ebenso gut weiterführen mit …) Meine Lippen sind leicht geöffnet, und ich lasse sie – ebenso wie die Spitze meiner Zunge – gerade eben seinen Hals berühren. »Ich will ja«, flüstert er zurück, »aber dein Kleid ist im Weg …«

* * *

Als Die Australierin Theo anfangs um Hilfe bat, war anscheinend nicht die Rede davon, dass Janik zu ihm ziehen sollte. Theo hatte nicht mal eine Wohnung – er lebte immer noch bei seinen Eltern in Frohnau. Er war der Blues in Person: Er hatte keine Arbeit, er hatte kein Mädel – außer seiner Liebe für Katzen, seinem Gras und natürlich Janik hatte er überhaupt gar nichts. Zu der Zeit ließ er das Leben größtenteils einfach geschehen, während er unter eine Wolke Ganja-Rauch relaxte.

Letztes Jahr, in einem Akt der Verzweiflung, hatte Die Australierin Theo eines Abends auf einen Drink eingeladen und ihn so taktvoll, wie sie nur konnte, gebeten, doch ein bisschen mehr Interesse an seinem Sohn zu zeigen. Bis zu diesem Zeitpunkt hatte Theo sie sporadisch besucht, aber nie mehr als einen flüchtigen Eindruck bei Janik hinterlassen. Die Australierin war nicht beeindruckt von dem Ergebnis des Gesprächs an diesem Abend. So, wie sie es erzählt, hatte Theo seine Schultern gezuckt und ein paarmal »ja, was auch immer« gesagt, während er versuchte, einen besseren Blick auf ihre Brüste zu erhaschen. Als Die Australierin ihn einige Monate später anrief, war er nicht einmal ans Telefon gegangen. Darum hatte sie seine E-Mail ursprünglich nicht ernst genommen – die berühmt-berüchtigte, die mit den Worten »Hab drüba nahgedacht was du gesakt has, glaube hast recht …« anfing.

Doch es stellte sich heraus, wenn Theo sich etwas in den Kopf gesetzt hat, dann ist er nicht aufzuhalten. Er wollte wirklich ein neues Kapitel aufschlagen, sein Leben in die richtigen Bahnen leiten, und all die anderen phantasielosen Klischees. Er hatte es in weniger als drei Monaten geschafft, von »welcher Theo?« zum *Papa des Jahres* in Janiks Augen aufzusteigen. Da gab es kein Zögern, kein Zweifeln, als seine Eltern, ein ungleiches Paar, welches nebeneinander in seinem Star-Wars-Kinderzimmer saß, vorschlugen, dass er eine Weile zu Theo ziehen sollte.

»Wann soll ich packen?«, war seine einzige Frage. Theo hatte bis über beide Ohren gestrahlt.

Damals hatte ich aus einer emotionalen Distanz verfolgt, wie sich die ganze Tragödie entfaltete. Die Australierin ist keine theatralische Frau und fordert niemals meine ohnehin schon geringe Kapazität für Mitgefühl ein, somit wusste ich nicht, wie verzweifelt sie sich fühlte, bis sie mich eines Nachmittags bat, bitte aufzuhören, von meinem letzten Kampf mit Beth zu reden. Ihr schulterlanges braunes Haar hing schlaff herunter, umrahmte ihr Gesicht und ließ sie älter und müder als sonst aussehen. Ihre Hände zitterten, und ihre Augen, eine komplizierte Mischung aus Grau und Braun, glänzten nass. Ich hörte auf zu reden, aber zog meine Augenbrauen hoch und wartete auf weitere Informationen. Die Australierin jedoch stand auf und ging in die Küche, nicht aus Ärger und nicht aus Verzweiflung, aber scheinbar auf der Suche nach »etwas zu tun«, um aus einer »Womit wechseln wir das Thema?«-Stillesituation herauszukommen. Nach einer kurzen Pause folgte ich ihr. Es war so gar nicht mein Stil. Ich denke, das war es, was sie ermutigte, sich zu öffnen. Als ich hereinkam, hatte sie gedankenverloren aus dem Küchenfenster gestarrt, während sie darauf wartete, dass der Wasserkocher zu Ende kochte. Abgesehen davon, gab es kein anderes Geräusch in der ganzen Wohnung. Sie machte sich nicht die Mühe, die eine Träne wegzuwischen, die ihrem linken Auge entwichen war und sanft ihre Wange herunterrollte.

»Es fühlt sich so an, als hätte man mir den rechten Arm abgeschnitten«, sagte sie endlich, als Antwort auf meine gestellte Frage.

Ich wusste, dass Janik sie überhaupt noch nicht angerufen hatte, seitdem er offiziell ausgezogen war. Ich wusste auch, dass er es jedes Mal, wenn sie ihn anrief, nicht abwarten konnte aufzulegen, um mit dem spontanen Wrestlingkampf fortzufahren oder zurück zu der DVD zu kommen, die er sich ansah oder was auch immer er sonst mit Theo machte – Dinge, die *sie* nie mit ihm gemacht hatte. Sie räusperte sich, presste die Hände ineinander und drückte sie ganz fest. Es schien, als würde der Wasserkocher für immer kochen – mir fiel nichts ein, was ich sagen konnte. Und was hätte ich auch sagen können? Zu der Zeit war ich noch nie in einer Situation wie ihrer gewesen. Ganz im Gegenteil. Ich dachte früher, dass ich an dem Tag, an dem meine Kinder ausziehen würden, eine Toga anziehen und die Bergmannstraße herunter Samba tanzen würde – ich glaubte, der Tag könnte nicht schnell genug kommen. Ich würde bald herausfinden, dass das in Wahrheit ganz und gar nicht so war und dass ich, wenn es darauf ankam, genauso hart wie Till für das Recht, meine Kinder bei mir wohnen zu haben, kämpfen würde.

Ich sah sie an, rang mit mir, aber verließ meine spontane mentale Straßenparty und strengte mich umso mehr an, jetzt das Richtige zu sagen.

»Hast du mit Theo gesprochen?«, brachte ich schließlich hervor.

»Das bringt nichts.«

Na ja. Stimmt.

Danach fragte ich nur noch aus Höflichkeit nach weiteren Erläuterungen. Ich vermied Theo ohnehin aus Prinzip, und es fiel mir schwer, meinen Ohren zu trauen, als Die Australierin mir anfangs erzählte, dass sie sich hilfesuchend an ihn gewandt hatte.

»Das wird in Tränen enden«, hatte ich sie gewarnt. Leider hatte ich recht.

»Seine Eltern haben ihm eine Wohnung gekauft.«

Als sie sprach, flogen kleine Tröpfchen Speichel durch die Luft. Sie lenkten mich irgendwie ab, aber es gelang mir gut, es nicht zu zeigen.

»Er hat eine Wohnung am Kollwitzplatz. Mit Blick auf den Park. Alles abbezahlt. In bar. Und er hat mir immer erzählt, er sei ein Anarchist …« Die Australierin – welche übrigens die einzige lebende deutsche Person ist, die Instantkaffee nicht nur trinkt, sondern ihn sogar über alles liebt – drehte sich weg, um das heiße Wasser in die Tassen zu gießen. Zu diesem Zeitpunkt war es nicht nötig, sie darauf hinzuweisen, dass kein Kaffeegranulat in ihnen war – sie würde das selbst früh genug herausfinden.

»Ich habe nie einen einzigen Cent von irgendeinem von ihnen bekommen. Nie. Aber jetzt, wo Janik bei ihrem Sohn lebt, kaufen sie ihm eine Wohnung!«

Ein Grund dafür, warum Die Australierin sich an Theo gewandt hatte, um Hilfe mit Janik zu bekommen, war der, dass sie unglaublich hart arbeitete und unbedingt mehr Unterstützung brauchte. Für einfache Dinge eigentlich, wie Janik bei seinen Hausaufgaben zu helfen (während sie träge Männer mit Gicht in einem überteuerten Restaurant bediente), ihm das Abendessen zu kochen (während sie Hostelzimmer in der Innenstadt putzte) oder ihm zur Schlafenszeit etwas vorzulesen (während sie im Regen nach Hause radelte). Sie schrieb ihre Doktorarbeit hier und da, während ihrer Mittagspausen, und plante in der Badewanne oder während des Kochens, was sie schreiben würde. Sie fühlte sich ständig schuldig, dass sie nicht genug für Janik da war, und wenn sie es war, schlief sie fast immer ein. Die Australierin hatte mehr Liebe für ihren Sohn gewollt – Liebe, die nicht auf Gefallen von wohlmeinenden Freunden und Nachbarn basierte und die durch Angebote, auf ihre Kinder aufzupassen oder zu putzen, zurückgezahlt werden würden, sondern einfach bedingungslos. Früher war Theo zu stoned gewesen, um das bieten zu können. Aber jetzt, da Janik tatsächlich bei ihm lebte, war das ein vollkommen anderer Umstand, welcher außerordentliche Opfer von seinen Mitmenschen abforderte: lebenslange Ersparnisse seiner Eltern, ewige Geduld von Der Australierin und uneingeschränkte Loyalität von Janik.

Ich legte meinen Arm um ihre Schulter und ließ sie ihren Kopf darauf lehnen. Sie schloss ihre Augen und lächelte matt.

»Ich habe eine Theorie«, sagte sie. Ihre Stimme war beinahe ein Flüstern.

Ich sagte nichts. Ich wusste, dass sie wüsste, dass ich immer noch für sie da war.

»Ich glaube seine Familie hat mir immer noch nicht vergeben – sie nehmen Rache.«

Ach was, Sherlock.

»Warum sagst du das?«

»Ahh …« Sie öffnete ihre Augen und konzentrierte sich zum ersten Mal auf den kaffeefreien Kaffee, den sie für uns zubereitet hatte. Sie lachte, dann befreite sie sich aus meiner Umarmung. Klick. Der Wasserkocher fing ein zweites Mal zu kochen an.

»Du weißt, dass sie Greta kennengelernt haben?«

»Na und?«

Ich meine, es war kein Geheimnis, dass Die Australierin Theo für eine Frau verlassen harte.

»Habe ich dir gesagt, was sie ihnen erzählt hat?«

Ich zuckte meine Achseln. Ich habe Greta auch kennengelernt. Ich habe eine blühende Phantasie, aber nichts, was ich mir vorstellen könnte, käme wahrscheinlich dem, was sie gesagt hatte, auch nur ansatzweise nah.

»Sie hat Theos Eltern gesagt, der wahre Grund, warum ich ihn verlassen habe, war …« Die Australierin hielt inne, um vorsichtig eineinhalb Teelöffel Kaffeegranulat in jede Tasse zu geben, zwei Löffel Zucker in meine und je einen Teelöffel Milchpulver in beide.

»… war, weil ich einfach nicht weiter eine Lüge leben konnte. Ich musste endlich ehrlich mit mir sein, weil ich meine wahre Identität gefunden hatte.«

Doch ich wusste, da war mehr. Ich konzentrierte mich jetzt auf die Augen Der Australierin. Sie war gerade damit fertig geworden, das Wasser in den Kaffee zu gießen, und reichte mir nun meine Tasse.

»Du glaubst, sie waren deshalb verärgert?«, fragte ich sie, nach einigen Momenten Stille.

»Natürlich nicht«, antwortete sie. »Nein, Greta sagte ihnen, als sie fragten, von was für einer Identität sie sprach, dass ich mich als strenge Vegetarierin betrachte … und dass Theo und ich deswegen so fundamentale Probleme hatten … weil ich ihm nie wieder einen blasen könnte.«

Der Kaffeestrahl, der in diesem Moment aus meinem Mund und meiner Nase sprühte, bedeckte Die Australierin, die meisten Küchenoberflächen und einen Teil des Fensters. Das Chaos tat mir leid, aber wir hatten beide dieses Lachen wirklich gebraucht.

* * *

Man sagt, in jedem Menschen steckt ein Roman. Ich bin definitiv keine Schriftstellerin, aber wenn ich jemals jemanden treffen würde, der bereit wäre, meine unvollendeten Liedtexte und tränenüberströmten Tagebücher in ein literarisches Werk umzuarbeiten, dann würde ich wahrscheinlich den Titel wählen: »Wie du ein Kind lieben kannst, selbst wenn du das starke Verlangen verspürst, es in den Hintern zu treten«, und ich würde es Beth widmen.

Meine neueste Schlussfolgerung war, dass ihr und mir, uns beiden, ein großes Unrecht angetan wurde: Warum waren unter all den Menschen speziell dieses eine Mädchen und diese eine Frau in einer Mutter-Tochter-Beziehung aneinandergekettet worden? Mir wurde oft gesagt, dass wir beide großartige Persönlichkeiten waren – nur traurigerweise zu unterschiedlich. Oder zu ähnlich. Oder etwas ebenso Tiefsinniges. Ich brauchte Jahre, um die Tatsache zu akzeptieren, dass wir uns einfach nicht mochten. Ich weiß, Mütter sollten das nicht sagen, aber wenn es die Wahrheit ist – warum sollte man sie verstecken?

Beth frustrierte mich, weil sie ein Mensch ist, der immer auf die Füße fallen wird. Sie lebt in einer Zeit, in der es absolut angemessen für sie ist, eine Rapperin oder Basketballspielerin werden zu wollen. Meine Versuche, sie über rassistische Klischees aufzuklären, enden bestenfalls darin, dass ich verspottet werde. Und das wirklich Ärgerliche ist – sie widerlegt mich immer wieder aufs Neue. Sie spielt nächstes Jahr bei der Basketballnationalmannschaft vor. Sie gewinnt jeden Poetry Slam, bei dem sie mitmacht. Ihr Selbstbewusstsein scheint über ihr Schwarzsein hinauszugehen. Es ist eine Sprache, die ich schlicht und einfach nicht verstehe.

Ich bin als einziges Schwarzes Mädchen in einem Vorort von London aufgewachsen, wo ich früh gelernt habe, dass Ärger vermieden werden konnte, wenn ich mich weiß benahm. Natürlich gelang es mir nicht, irgendjemanden davon zu überzeugen, aber meine Versuche waren so glaubwürdig, dass ich wirklich sehr wenig zu leiden hatte. Die Kinder, mit denen ich spielte, konnten mir ignorante Fragen über meine Haare stellen oder unverschämte Kommentare über meine Hautfarbe machen, und wenn sie es taten, würde ich genauso laut lachen wie sie. Ich realisierte erst dann, dass ich Schwarz war, wenn ein anderes Schwarzes Kind in der Gruppe auftauchte – ein neues Mädchen in der Schule vielleicht oder ein Familienfreund, der zu Besuch kam. Jedes Mal empfand ich diese Begegnungen als verwirrend, als desorientierend. Und ich vermied Blickkontakt. Beth hingegen …

granatsplitter (179) »... Ich
hätte dich schon vor Jahren
verlassen sollen ...«

fünf

… ich bin wacklig auf den Beinen, um es milde auszudrücken, als Kareem und Ama eintreffen – und das liegt nicht daran, dass ich nicht oft hochhackige Schuhe trage. Kurz bevor ich sie hereinkommen hörte, hatte ich Amas Namen seit neunzehn Uhr mindestens dreimal die Stunde verflucht – sie hatte versprochen, pünktlich hier zu sein, um mir zu helfen. Also was soll das? Wie soll ich das hier alles regeln und mich gleichzeitig beiläufig mit meinen Gästen unterhalten? Ich fühle mich überfordert von der Kunst, gleichzeitig mehreren Aufgaben nachzukommen. Wenn diese Party missglückt, dann wird das Amas Schuld sein. Natürlich ist Die Australierin direkt an meiner Seite – wie immer. Sie hat sogar die komplette Aufsicht über das Knabberzeug in die Hand genommen und hält gleichzeitig die Turntables am Laufen. Aber so treu sie auch ist, selbst sie kann meine *Sista* nicht ersetzen. Der Partyraum war voll, und die Musik war laut, als ich Der Australierin eine taktvolle Ausrede ins Ohr flüsterte und verschwand, um mich hinzulegen:

»… nur für fünf Minuten.«

Mein Lieblingsversteck in meinem Schlafzimmer ist die enge Lücke genau zwischen dem Bett und der Wand, unter dem Fenster. Von dort kann ich in den Himmel schauen und kaum etwas anderes sehen. Ein paar Blätter, vielleicht ein oder zwei vorbeifliegende Vögel. Das war's. Es gibt mir das Gefühl, mit dem Rest der Welt verbunden zu sein, während ich gleichzeitig umarmt werde von Stoffen und Kissen und Holz und Tapete.

Ich bin warm. Ich bin sicher. Von hier kann ich beobachten und dennoch nicht gesehen werden. Und wenn ich ruhig und konzentriert genug bin, kann ich auch zuhören und nicht gehört werden. Das ist der Grund, warum Ama nicht vermuten wird, dass ich viele Monate später, als wir auf dieses Thema zu sprechen kommen, ganz genau wissen werde, dass sie mir das Blaue vom Himmel herunter lügt. Sie kommt in mein Zimmer und wirft ihren Überwurf auf den nächstbesten Stuhl.

Eigentlich habe ich nicht vor zu lauschen. Wirklich nicht. Ich erkenne Amas Stimme, und mein Herz schlägt höher. Ich bin kurz davor, »hey girlfriend« in diesem nachgeahmten amerikanischen Akzent zu sagen, den ich manchmal benutze, wenn ich mich gut fühle, aber ich bin den Bruchteil einer Sekunde zu langsam. Ich öffne meinen Mund gerade, als sie den Satz beendet, von dem ich weiß, dass er etwas mit mir zu tun hat:

»Du musst mit ihr reden. Du *musst*. Sie muss es wissen.«

Ich kann hören, wie Kareem nervös von einem Bein aufs andere tritt. Es scheint, als würde das keine einfache Aufgabe für ihn werden, was auch immer Ama von ihm erwartet. Ich verspanne mich und halte meinen Atem flach. Ama fährt fort. Ich glaube, ich kann den Klang von Tränen in ihrer Stimme hören.

»Ich kann einfach nicht glauben, dass sie so etwas tun würde …«

Mein erster Gedanke ist, dass Till mit ihnen gesprochen hat. Aber wenn ich darüber nachdenke, wie könnte der es überhaupt wissen? Ich hatte den Briefumschlag unbeobachtet abgeliefert – oder hatte mich jemand gesehen? Mein Gehirn arbeitet auf Hochtouren. Ich stelle mir vor, wie Kareem Ama gegenübersteht und versucht, sich etwas Philosophisches einfallen zu lassen. Ich denke, er kann gut mit Krisensituationen umgehen. Er hat ein ruhiges Gesicht, dessen Ausstrahlung nicht von der Narbe auf seiner linken Wange gestört wird. Doch ein langes Schweigen tritt ein, und es ist eindeutig, dass dieses Problem ihn mit einer Herausforderung konfrontiert, welche selbst seine Kapazitäten übersteigt.

Ich bereue immer noch nichts – nicht einmal jetzt, als mir klarwird, wie sehr auch meine engsten Freunde leiden. Kareem murmelt etwas wie »blöde Europäer« vor sich hin. Das schockiert mich ein wenig, aber ich kann ihm verzeihen. Jetzt herrscht Schweigen. Es hält so lange an, dass ich anfange zu glauben, dass sie beide bereits mein Schlafzimmer verlassen haben. Ich liege auf dem Boden und lasse mir die Dinge weiterhin durch den Kopf gehen. Schließlich wird mir klar, dass Kareem weint. Seine Stimme ist gedämpft, also schätze ich, dass Ama ihn im Arm hält. Ich habe Kareem nie auch nur ansatzweise den Tränen nahe erlebt und kann mir nicht vorstellen, dass das irgendwas mit Till zu tun hat. Etwas anderes – etwas viel Größeres – steckt dahinter. Endlich spricht Kareem:

»Sie hat zwei Tage an diesem Ort verbracht. Stell dir vor! Zwei ganze Tage.«

Während er schluchzt, spüre ich einen Anflug von Panik: Wer? Sie?

Er fährt fort.

»Sie haben sie in eine Zelle gesperrt. Kein Licht. Keine Fenster. Nichts. Sie konnte nicht mal ihre eigene Hand vor Augen sehen. Sie haben einfach alle Lichter ausgeschaltet. In dem Raum gab es kein Bett, Ama. Stell dir das vor! Nur einen Stuhl. Für zwei ganze Tage.«

Von wem redete er?

Ich kann Ama seufzen hören. Kareem schnieft, atmet tief ein und spricht dann weiter.

»Als sie mich anrief, sagte sie mir, ich sei der Einzige gewesen, den sie anrufen durfte. Und sie hatte nur fünf Minuten. Sie sagte, sie habe so viel in der Zelle geschrien, aber niemand habe ihr geholfen. Was für Tiere sind diese Leute, Ama? Ich weiß, wie sie arbeiten. Sie werden ihr den Mund zukleben und sie unter Drogen setzen, damit sie die Businessklasse-passagiere nicht stört …«

Kareem sackt wieder in sich zusammen.

In diesem Moment wird mir tief in meinem Innersten bewusst, dass dies doch mit etwas zusammenhängt, was ich getan habe. Ich bekomme schreckliche Angst. Während mein Herz unkontrollierbar pocht, bete ich, dass keiner von ihnen es hören wird. Ich höre auf, auf den richtigen Zeitpunkt zu warten, um hinter dem Bett hervorzukommen, um mich dem Gespräch anzuschließen, und fange stattdessen an, darauf zu warten, dass Ama und Kareem einfach das Zimmer verlassen.

O Gott.

»Du musst mit ihr reden«, flüstert Ama. »Sie wusste es nicht; ich weiß, dass sie es nicht wusste.«

Ama nimmt mich in Schutz. Aber wofür? Was habe ich getan? Die Tür öffnet sich knarrend, und Klangfetzen von Beyoncé schweben herein und hängen in der Luft. Ich stelle mir vor, wie Kareem schnell sein Gesicht abwischt und stattdessen so etwas Ähnliches wie ein Lächeln darauf zurechtrückt.

»Hey Kareem, hey Emma!« Die Heiterkeit in den Begrüßungen Der Australierin überwiegt jedes Mal die Dreistigkeit, die man besitzen muss, um permanent den Namen von jemandem falsch auszusprechen. »Wo ist das Geburtstagskind?«

Man hört ein paar Schritte und Gemurmel. Es ist offensichtlich, dass sie jetzt alle gleichzeitig mein Zimmer verlassen haben. Wahrscheinlich sogar, um nach mir zu suchen. Ich muss den Zeitpunkt für mein Hinauskommen gut planen. Und ich muss mich auch auf Kareems Vortrag vorbereiten. Ich lasse nun endlich die Erkenntnis zu, dass sie über Tills andere Frau gesprochen haben. Ich bin jedoch immer noch nicht bereit, mir einzugestehen, wie sehr mir das eigentlich Angst macht.

Ich stehe auf. Ich sehe mich im Spiegel an und sehe etwas Ausgehöhltes. Das bin ich nicht. Ich lächle ein wenig. Das bin ich auch nicht. Ich schließe meine Augen und zwinge mich dazu, mich gut zu fühlen. Zwinge mich, mich ekstatisch zu fühlen – ich habe Geburtstag! Ich feiere!

Ich vergesse jedes einzelne Wort von dem, was ich gerade gehört habe, öffne meine Augen und strahle ganz einfach.

* * *

Till hörte sofort auf, an seinen Fingernägeln zu kauen, als er merkte, dass ich ihn beobachtete. Ich war gerade damit fertig, das Café schnell nach großen, blonden, nach Studenten aussehenden Männern abzusuchen. Obwohl Till seinen Master vor mehreren Monaten abgeschlossen hatte, würde er in meinem Kopf für immer ein *Che Guevara*-T-Shirt tragen, schwarzen Kaffee trinken und *Das Kapital* lesen. Mir war es zu dem Zeitpunkt nicht aufgefallen, aber irgendwann während der letzten paar Tage hatte er seine Haare schneiden lassen. Es sah gut aus. Besonders, weil er sich gerade einen Bart wachsen ließ. Aber er kaute auch an seinen Nägeln – bis sich unsere Blicke trafen. Ich erinnere mich nicht, dass er jemals so sehr wie ein Fremder für mich ausgesehen hat. Selbst damals, als wir uns kennenlernten, hatte ich das Gefühl gehabt, ihn irgendwo schon mal gesehen zu haben, dass es uns vorherbestimmt war, uns zu treffen und zu heiraten und dieses Und-wenn-sie-nicht-gestorben-sind-Ding zu machen. Jetzt saß er da wie ein Mann, den ich kaum wiedererkannte. Er sprach mich nicht mit Namen an. Begrüßte er mich überhaupt? Ich sagte: »Hallo Till«, und er machte zu genau der gleichen Zeit ein Geräusch, also konnte ich nicht ganz hören, was er sagte, und fühlte mich nicht dazu eingeladen, ihn zu bitten, es zu wiederholen.

Ich setzte mich hin, aber bereute es fast sofort: Es war abzusehen, dass das Gespräch nicht auf einer einzelnen Ebene bleiben würde, und Zwischen-den-Zeilen-Dinge bereiten mir Bauchschmerzen. Genau genommen bereitet Till mir grundsätzlich Bauchschmerzen, obwohl das nicht immer eine schlechte Sache ist. Ein unglaublich langes Schweigen setzte ein, und meine innere Stimme riet mir, einfach abzuwarten. Ich war immerhin nicht diejenige, die dieses Treffen vorgeschlagen hatte. Ich wartete darauf, dass jemand mir einen überteuerten Kaffee anbot, und konzentrierte mich stattdessen aufs Zählen … wie viele Sekunden würde es dauern, bis er das Eis brach? Ich schätzte fünfzig.

Ich wurde von einem säuerlich dreinschauenden Kellner gebeten, meine Bestellung zu wiederholen, weil er »mich akustisch nicht verstanden hatte«. Als ich ihn noch einmal ansah, wurde mir klar, dass er einen schlimmeren Tag als ich gehabt haben musste. Also beschloss ich, es ihm leichtzumachen.

»Entschuldigen Sie«, lächelte ich, »ich habe gefragt, ob ich einen Latte mit Sojamilch bekommen kann?«

Er sah verwirrt aus – ich nehme an, weil ich seinen Rhythmus von:

Frage-Antwort-Bestellung bringen

gestört hatte.

Jetzt musste er:

gehnachhintenundfragdenchefobwirsojamilchhabenverdammt

in die Sequenz einbauen. Der Arme. Sekunden später kam er zum Tisch zurück und bestätigte, dass Sojalatte machbar sei. Ich hatte das die ganze Zeit schon gewusst. Ich war nicht so neu hier, wie er anscheinend. Ich ließ es mir noch ein paar Sekunden durch den Kopf gehen und beschloss dann, stattdessen einen Pfefferminztee zu bestellen. Ich glaube tatsächlich, dass er davonstampfte. Nichts von dieser Interaktion ging in die Berechnung der fünfzig Sekunden mit ein. Als Till endlich sprach, war ich überrascht, dass meine lautlose Stoppuhr erst neununddreißig erreicht hatte. Die Zeiten hatten sich zweifellos geändert.

»Wie geht es den Kindern?«

Seine Stimme hatte diese raue Beschaffenheit, die man manchmal bekommt, wenn man eine Weile nicht gesprochen hat. Oder wenn man viel geschrien hat.

»Sie vermissen dich.«

Meine Stimme war, im Gegensatz dazu, kristallklar. Till bewegte sich unruhig auf seinem Stuhl und blickte zu Boden.

»Ich vermisse sie auch«, erwiderte er, kaum lauter als ein Flüstern. Ich musste schlucken. Ich hatte nicht erwartet, dass er das sagen würde, und wusste nicht, was ich jetzt machen sollte. Es herrschte eine weitere Periode des Schweigens, während Griesgram mir mein Glas Tee beinahe auf den Tisch warf. Es schien, als stünde uns ein Krieg unmittelbar bevor, aber ich hatte nicht das Bedürfnis, einen Kampf an zwei Fronten zu führen, und beschloss, ihn gehen zu lassen. Ich konzentrierte meine restliche Energie auf den verblassenden Mann, der mir direkt gegenübersaß, und fragte mich, was er als Nächstes sagen würde. Ich wischte die Teespritzer vom Tisch und beobachtete die anderen Cafégäste.

»Es tut mir leid wegen letzter Nacht«, sagte er.

Ich sah ihn genau an. Er sah aus, als würde er aufrichtig meinen, was er sagte.

»Nächte«, antwortete ich kühl. Ich sagte ihm nicht, dass ich mir Sorgen um ihn gemacht hatte.

Till nickte in einer komischen Mischung aus Zustimmung und Resignation. Es war das erste Mal, dass er nicht nach Hause gekommen war, ohne mir zu sagen, wo er steckte. Zwei Nächte und drei Tage lang versuchte ich mehrere hundert Mal, ihn zu erreichen. Sein Handy war ausgeschaltet gewesen – abgesehen von einem Mal, gestern Nacht, als es dreimal geklingelt hatte. Ich dachte, dass ich ihn endlich erreicht hätte, aber offensichtlich hatte er es aus Versehen eingeschaltet gelassen. Mitten während des vierten Klingeltons schaltete es auf einmal zur Mailbox um. Till wischte sich mit der rechten Hand durch sein Gesicht, genauso, wie er es immer macht, wenn er gerade aufgewacht ist und sich den Schlaf aus den Auge reiben muss. Ich erinnerte mich, dass er regelmäßig ein bisschen vergisst und ich normalerweise am Ende den letzten Krümel für ihn entferne …

»Ich weiß«, seufzte er, meine Gedanken unterbrechend. »Es tut mir leid. Ich …«, er hielt kurz inne und trank etwas Kaffee, bevor er fortfuhr. »Ich weiß, ich hätte zurückrufen sollen. Es ist nicht einfach gewesen in letzter Zeit …«

Ich ziehe eine Augenbraue hoch. Mein Blick ist unbarmherzig und unversöhnlich. Er denkt, er hat es schwer gehabt?

»Wie dem auch sei … Ich habe mich heute krankgemeldet. Ich will mich … mit dir und den Kindern treffen … etwas unternehmen.« Eine Pause.

»Bitte.« Eine weitere Pause. »Ja?«

Im Nachhinein, als ich an dieses Treffen zurückdachte, machte ich eine lange Liste von Dingen, die ich hätte sagen sollen. So wie:

»Tut mir leid, sie sind damit beschäftigt, ihr Leben weiterzuführen, nachdem sie dachten, ihr Vater wäre für immer verschwunden.«

oder

»Ja, Till, ich habe Mitleid mit dir – wie muss es sich anfühlen, ein Arschloch zu sein, der seine Kinder für drei Tage im Stich lässt, nur weil er in einem Streit mit seiner Frau seinen Standpunkt nicht vertreten kann?«

oder

»Ich werde sie fragen, ich denke, sie könnten sich noch daran erinnern, dass du dich einmal für ihre Gefühle interessiert hast.«

oder

»Ah … jetzt, da *du sie* sehen willst, soll es passieren, was?« oder

»War das nicht exakt der Inhalt von den fünfzehn Nachrichten, die wir dir zusammen hinterlassen haben, von denen du *keine* beantwortet hast?«

Aber ich sagte nichts davon. Ich seufzte stattdessen. Mein Gesichtsausdruck wurde weicher. Till sah aus, als könne er sein Glück nicht fassen.

»Um wie viel Uhr?«, fragte ich.

So gut, wie er mich kannte, hatte er sicherlich im Vorfeld dieses Gespräches auch all die vorher erwähnten Sätze in seinem Kopf umherschwirren gehört. Ich wollte lächeln, aber es gelang mir, mich zurückzuhalten.

»Kann ich heute Abend vorbeikommen? Gegen sieben?«

Ich legte eine dramatische Pause ein, bevor ich sprach. »Auntie kommt morgen. Es ist ein Nachmittagsflug. Kannst du sie abholen?«

Es war eine rhetorische Frage. Till war nicht in einer Position, irgendetwas außer »ja« zu sagen, was er auch tat. Ich nickte, um zu signalisieren, dass ich ihn gehört hatte. Ich legte eine weitere dramatische Pause ein, während ich ihn ansah. Plötzlich hatte ich keine Lust mehr, hier mit ihm zu sitzen. Irgendwas an der Art und Weise, wie er seine Augenbrauen so in der Mitte seiner Stirn nach oben zog. Flehend. Kindlich. Es ging mir einfach auf die Nerven. Ich wollte wütend auf ihn sein, und doch war ich schon wieder so weit, an der Grenze zum Mitleid zu taumeln. Ich stand auf, obwohl ich nicht einen Schluck von meinem Tee getrunken hatte.

»Ich werde es ihnen sagen. Ash hat Fußball ab halb sechs. Aber vielleicht kannst du hingehen und sein Spiel anschauen und ihn dann von dort abholen?«

Für den Bruchteil einer Sekunde sah Till aus, als befände er sich in einem großen Konflikt. Ich war überrascht – während dieser gesamten Tragödie, die unsere Ehekrise war, hatte Till nicht ein einziges von Ashs wöchentlichen Fußballspielen verpasst und ihn nach jedem Training abgeholt. Ich war kurz davor zu fragen, ob er es lieber nicht machen würde, aber er lächelte gerade noch rechtzeitig.

»Liebend gern«, sagte er.

»Gut«, antwortete ich.

Ich wartete eine Sekunde und nickte dann anstelle eines »auf Wiedersehen«. Ich war im Begriff zu gehen, genau als Till noch eine weitere Frage stellte.

»… und Beth?«

Ich schaute Till richtig an, in die Augen, das erste Mal an diesem Tag – das erste Mal seit Monaten. Ich schaute nicht lange, aber ich sah alles. Das Bedauern darüber, sein wöchentliches Date mit Beth verpasst zu haben, die Erkenntnis, wie wütend sie auf ihn war, die schleichende Angst, dass der Schaden, den er seiner besonderen Beziehung zu ihr zugefügt hatte, nicht rückgängig zu machen sei.

»Ich werde es ihr ausrichten«, sagte ich leise. Ich ging.

* * *

Intimität kann man nicht online bestellen.

Das ist die zweite Gewissheit in meinem Leben. Ich habe die Kontaktanzeigen sorgfältig studiert und herausgefunden, dass sie in den Printmedien auch nicht erhältlich ist. Ich saß eines regnerischen Septemberabends mit einem demotivierenden Hochglanzmagazin auf meinem Schoß und ließ diese Hoffnung davondriften. Ama lachte mich aus, als ich ihr erzählte, dass ich verliebt sein wollte. Ich sagte ihr nicht warum. Ich sagte ihr nicht, dass es mir gefiel, die Kontrolle zu verlieren, dass es mir gefiel, wenn mein Verstand überfallen und jeglicher logischer Aktivitäten beraubt wurde, dass es sich gut anfühlte zu fallen, nicht zu wissen oder sich etwas daraus zu machen, ob jemand da sein würde, um mich aufzufangen. Sie hörte nichts von all dem von mir. Während ihre Schultern bebten, wanderten meine Augen die Bahnen ihrer Cornrows entlang. Sie sahen so stramm aus, dass ich mich fragte, ob sie möglicherweise ihre Kopfhaut in Fetzen reißen könnten. Ich vergab ihr ihren Zynismus sofort: Sie musste, schloss ich, die allerschlimmsten Kopfschmerzen haben. Stattdessen füllte ich ihr Glas mit Billigwein nach. Wir feierten.

»Was?«

»Weiß ich nicht. Wir denken uns was aus.«

Ich weiß nicht mal mehr, wer wen anrief oder wer vorschlug, unsere Sorgen in Grauem Burgunder zu ertränken. Und es war mir egal. Aber Ama übertrieb es jetzt mit dem Lachen.

»Bist du nicht verliebt?«, fragte ich.

Ama bekam beinahe keine Luft mehr. Sie hatte Tränen in den Augen – und nicht aus romantischer Rührung. Ich klopfte ihr mehrere Male auf den Rücken, als mir klarwurde, dass sie tatsächlich nach Atem rang. Ich habe sie vielleicht ein wenig fester gehauen, als nötig war. »Kommst du zu unserer Hochzeit?«, fragte sie mich, als sie endlich ihren Atem wiedererlangte. Das bedeutete übersetzt: »Stell mir nicht so verdammt blöde Fragen.« Ich hatte verstanden. Ich sagte eine lange Zeit nichts, aber fühlte mich vollkommen gelassen. Ama war nicht so cool, wie sie sich gab. Ich hatte *doch* einen wunden Punkt berührt.

Sie nahm langsam noch einen Schluck, schloss ihre Augen und kratzte sich knapp über ihrer linken Augenbraue und legte eine dramatische Kunstpause ein, bevor sie weitersprach.

»Sie haben ihm heute geschrieben.« Auch das hatte eine versteckte Bedeutung. Sie hätte es früher erwähnt, wären es gute Nachrichten gewesen. Und in diesem Augenblick war ich nicht mehr angetrunken, noch fühlte ich mich traurig wegen meiner letzten Auseinandersetzungen mit Till, sondern ich war erfüllt von einer lähmenden Angst. Der Brief hätte eigentlich nicht so früh eintreffen sollen.

»O Scheiße.«

Diese beiden Worte brachten alles auf einen Punkt. Keine von uns sprach noch einmal davon für den Rest des Abends. Ama sah erschütternd aus, und mir wurde klar, dass sie es die ganze Zeit, seitdem ich hier war, getan hatte. Ich machte keinen Versuch, auf sie einzureden. Wenn Ama leidet, dann zieht sie es vor, das allein zu tun.

Wenn sie sich jedoch Zugang zu ihren tiefsten Gefühlen erlaubt hätte, dann hätte sie womöglich gesagt:

»*Wie kann ich jemanden weiterhin lieben, den sie mir wegnehmen wollen?*«

Und wenn sie das gesagt hätte, hätte ich geantwortet:

»*Wie kannst du aufhören, jemanden zu lieben, den sie dir wegnehmen wollen?*«

Ich hätte ihr gesagt, dass Liebe bedingungslos ist. Und dass eine belanglose Einzelheit wie Nationalität nicht darüber entscheiden würde, ob zwei Menschen zusammen sein sollten oder nicht. Selbst wenn jemand keine Nationalität hatte. Oder wenn derselbe Jemand verzweifelt versucht hatte, seine in einer Nacht-und-Nebel-Aktion loszuwerden, indem er seine gesamten Dokumente eine kaputte Toilette heruntergespült hatte. Ein Risiko, das Kareem jetzt bereute, da er keinen Identitätsnachweis hatte und deshalb seinen Aufenthalt in Deutschland nicht sicherstellen konnte, indem er Ama heiratete – zumindest hatte man sie das glauben gemacht.

Obwohl ich nicht viel mit Kareem zu tun gehabt hatte während der letzten Wochen, tat es mir aufrichtig leid, dass sein letzter Folgeantrag abgelehnt wurde. Ich fragte mich, ob er Deutschland freiwillig verlassen würde oder ob er untertauchen und riskieren würde, erwischt und abgeschoben zu werden. Ich behielt meine Gedanken für mich.

Das letzte Mal, als ich ihn gesehen hatte, war ich in dem Afroshop in der Nähe vom Mehringdamm gewesen, und er hatte mir die wärmste, aufrichtigste Umarmung gegeben. Als wir nebeneinander zurück zu meiner Wohnung liefen, hatte ich ihm erzählt, wie viel Till von seinem Besuch in Möhlau geredet hatte, Kareems offiziellem Wohnsitz. Kareem lächelte schwach – irgendwie zufrieden, aber trotzdem, es hatte nicht lange gedauert, bis Till aufgehört hatte, auf Kareems Anrufe und E-Mails zu antworten.

»Aber es waren doch erst zehn Tage?«, sagte ich.

»Wenn es um Sport gegangen wäre, hätte er nicht mal zehn Minuten gebraucht«, antwortete Kareem.

Er hatte recht. Till war beschäftigt und arbeitete hart, mit vielen Überstunden. Aber er hatte gesehen, was dort vor sich ging. Er hatte es in beinahe zu vielen Einzelheiten beschrieben: die entsetzlichen hygienischen Verhältnisse, der fehlende Kontakt zur Außenwelt, die respektlose Haltung der Aufseher, die dort arbeiteten. Er erzählte mir von Männern, die vor Langeweile verrückt werden und sich gegenseitig halbtotprügeln, wegen eines Streits über Zigaretten. Oder Frauen, die ihre Schlafsäle nachts nie verlassen, nicht einmal, um auf die Toilette zu gehen, nachdem sie ihre Lektion über dunkle, unbewachte Korridore auf die harte Tour gelernt hatten. Oder Kinder, die während ihrer Unterrichtsstunden ausgelacht werden, aufgrund dessen, wo sie herkommen – und zwar von den Lehrern.

Es stimmt, Till hätte sich zwei Minuten nehmen können, um eine SMS zu senden, um zu sehen, ob es Kareem gutging. Was mich dazu brachte, an mich zu denken.

»Kareem, alles okay bei dir?«

Er nickte, aber ich war nicht ganz überzeugt. Ich dachte noch mal über unsere kurze Unterhaltung nach, als wir meine Wohnung erreichten. Ich hatte es eilig. Ich musste kochen, dann schnell wieder weg von zu Hause, wegen eines Treffens mit Werner.

»Kareem, du und Ama seid Freunde, oder nicht?«, hatte ich gefragt, während ich gleichzeitig nach meinen Schlüsseln suchte.

»Mehr als das – hoffe ich wenigstens!«, lachte er.

Ich lächelte zustimmend. »Gut!«, sagte ich. »Also, das bedeutet, wir auch, auch wir sind Freunde!« Ich sah ihn vorsichtig an, als ich das sagte. Er war sensibel genug, um es zu verstehen, ohne, dass ich zu tief bohren musste.

»Okay, Sister.« Er seufzte. »Nur einmal möchte ich Ama zum Essen einladen. Immer, wenn wir irgendwo hingehen, ist sie diejenige, die bezahlt. Dabei fühle ich mich schlecht – weißt du? Mein Boss verarscht mich immer. Ich weiß, dass er mir das Geld geben wird, aber er lässt mich gerne warten – verstehst du?«

Ich holte meine Handtasche heraus.

»Nein!« Kareem ging mehrere Schritte zurück und hielt seine Arme abwehrend nach vorne. »Nein, Sister, danach habe ich dich nicht gefragt.«

»Ich weiß«, lächelte ich und hielt ihm fünfzehn Euro entgegen. »Aber ich gebe es dir trotzdem.«

Nach einer Reihe von hastigen Protesten einigten wir uns, dass Kareem mir das Geld schulden würde, und mir bei unserer nächsten Begegnung zurückzahlen könnte. Bis dahin würde sein Boss bestimmt gezahlt haben, und der Vorteil für mich:

»Es wird gut sein, irgendwo ein paar Ersparnisse zu haben! Es ist eine Win-win-Situation!« Das brachte ihn zum Lachen, und ich ging die Treppe zu meiner Wohnung mit einem reinen Gewissen hinauf.

Später, als ich ihr die Geschichte erzählte, würde Ama mir erklären: »So ist das mit Privilegien. Man macht aus einer Mücke einer Elefanten.«

Aber vorerst sah sie mich einfach nur an. Ich brauchte eine ganze Weile, bevor mir klarwurde, wie tief ich in meinen Gedanken versunken gewesen war.

* * *

Es gibt nicht viele schmeichelhafte Adjektive, um Tills Chefin zu beschreiben. Man könnte sagen, sie sei ehrgeizig. Das ist normalerweise ein Kompliment, aber irgendwie, wenn ich an Kathrin denke, nimmt dieses Wort einen unangenehmen Unterton an. Sie erzählte mir einmal stolz die Geschichte, wie sie jemanden wegen seiner Illoyalität gefeuert hatte. Eigentlich war das Wort, das sie benutzte »Verrat«, und als mir klarwurde, dass sie keine Scherze machte, ließ ich mein schallendes Gelächter in ein Hüsteln übergehen und zog mein Taschentuch heraus, um meinen Mund zu verbergen. Aber alles, was der arme Kerl getan hatte (es scheint, als stelle sie immer jüngere Männer ein) war, eine E-Mail an einen Arbeitskollegen zu schreiben, in der er eine von Kathrins Entscheidungen kritisierte. Und ja, die E-Mail war nicht für Kathrin bestimmt, also waren die Worte wahrscheinlich nicht wohlüberlegt, aber so wie ich es verstanden habe, war es kein Grund, um seinen Job zu verlieren. Später erfuhr ich, dass Kathrin es sich zu einer regelmäßigen Gewohnheit machte, einen Tag in der Woche länger im Büro zu bleiben und sich in alle dienstlichen E-Mail-Konten einzuloggen, um nach Beweisen für »Verrat«, »Untreue«, »Unprofessionalität« oder sonstiges, was sie nicht mochte, zu suchen. »Wenn du losziehst, um nach Dreck zu suchen«, sagte ich Till später, »wirst du ihn irgendwann auch finden.« Oder, wie der Kaplan in *Mutter Courage* sagte: »Krieg ist wie die Liebe, er findet immer einen Weg.« Am Tag bevor Till seinen Job startete, hatte ich ihn zum Büro gefahren, damit er seine Schlüssel, Sicherheitsausweis und so weiter abholen konnte. Ich hatte noch etwa eine halbe Stunde vor meinem Supervisionstreffen mit Werner, also nahm ich Kathrins Einladung, hereinzukommen und einen Kaffee zu trinken, an. Sie sah in natura viel netter aus als auf dem Foto in ihrem Onlinebusinessprofil, aber ich war nicht sicher, ob sie sich geschmeichelt fühlen würde, wenn ich das gesagt hätte. Heute lag ihr glänzendes, geglättetes Haar locker auf ihren Schultern (auf dem Profilbild war es zu einem streng aussehenden Pferdeschwanz gebunden), und ihr Make-up war dezent im Vergleich zu dem tiefen Schwarz um ihre Augen und den dunklen Rottönen auf ihren Lippen, die ich vorher mit ihr verbunden hatte.

Anders als die meisten Deutschen, beherrschte Kathrin die Kunst des Smalltalks. Sie räumte später ein, dass sie einige Jahre in den Staaten studiert hatte, daraufhin war ich nicht mehr so überrascht. Obwohl Till den Job bereits bekommen hatte, gab es keinen Zweifel, dass meine Anwesenheit in ihrem Büro ein wichtiger Bestandteil des Einstellungsverfahrens war. Kathrin checkte auch mich ab. Während wir uns also alle zusammen über die Kinder (»Zwillinge? O wow … wie entzückend!«) und Immobilienpreise in Berlin (»Ich schaue mich nach einer zweiten Wohnung um, in die ich investieren kann, lass mich wissen, Till, wenn du etwas hörst …«) und das Wetter unterhielten (»Schockierend, wie kalt es werden kann, nicht wahr?«), umkreisten Kathrin und ich einander in einem virtuellen Boxring, beide auf den Fußballen tänzelnd, beide bereit, zuzuschlagen, beide abwartend, dass die andere den ersten Zug machte, um einschätzen zu können, wie stark sie war.

Nachdem die halbe Stunde zu Ende war, dachte ich, ich hätte sie durchschaut. Aber Monate später würde mir klarwerden, dass ich falschlag, und dass heimlich Dienst-E-Mails zu lesen das Allermindeste war, was sie bereit war zu tun, wenn sie sich von einem ihrer Mitarbeiter »verraten« fühlte. Kathrin hatte ein ziemlich umfangreiches Netzwerk zur Verfügung – einschließlich eines Privatdetektivs, eines Anwalts und eines guten Kontakts in der hiesigen Polizeidienststelle. Wenn es darauf ankam, ihre Rache auszuüben, wusste sie, davon Gebrauch zu machen. Das Beängstigende ist, selbst wenn ich vorher gewusst hätte, wie weit Kathrin gehen würde, ich glaube, ich hätte ihr trotzdem den Briefumschlag geschickt …

* * *

»Glaubst du, man kann es kaufen?«

»Warum?!«

Die Australierin und ich saßen in dem Café bei der UFA-Fabrik und bewunderten mein aktuelles Lieblingsgemälde. Es zeigt eine Frau in einem gelben Kleid, die langsam mit einem älteren Herrn tanzt. Sie sehen vertraut aus. Sie tragen beide Hüte. Und weil ich zufällig erwähne, dass es mir gefällt, erforscht Die Australierin bereits sämtliche legalen Optionen, um mich zur rechtmäßigen Besitzerin zu machen. Bloß, ich will es nicht besitzen.

»Dann kannst du jeden Tag damit aufwachen!«

»Pah!«, erwidere ich, klappe mein Buch zu und packe meinen Laptop ein. »Dann wird hier an der Wand eine Lücke sein, wo meine gelbe Dame sein sollte.«

Die Australierin lacht, jedoch zaghaft. Sie versucht ihr Bestes, um mich glücklich zu machen, und ich springe nicht darauf an. Tatsächlich benehme ich mich …

granatsplitter (233):

»... du bist der **größte** Fehler
meines Lebens ...«

vier

… und da seine Arbeit so viel mehr Zeit beanspruchte, trafen sich Ama und Till nicht mehr so oft wie früher. Wenn sie es taten, waren ihre geplanten Verabredungen zum Kaffee oder zufälligen Gespräche an der Straßenecke zusammenhanglos und flüchtig. Das bedauerte ich, da ich immer geglaubt hatte, dass Till und ich die besten Chancen hatten, unsere Schwierigkeiten zu klären, wenn er mit Ama darüber redete.

Später, als ich Ama bereits konfrontiert und daraufhin jeglichen Kontakt zu ihr abgebrochen hatte, würde ich herausfinden, dass Ama sich in der Zeit tatsächlich ein oder zweimal mit Till zum Abendessen getroffen hatte; dass sie es war, die versucht hatte, Till dazu zu bringen, mir die Wahrheit über seine andere Frau zu sagen, nachdem er sich Ama anvertraut hatte und sie ihm versprechen musste, mir nichts zu sagen. Ich würde auch herausfinden, dass Ama, nachdem sie aufgehört hatte, mit Till zu reden, als sie herausfand, dass er mich verlassen hatte, ihn nur noch ein weiteres Mal kontaktiert hatte. Sie war diejenige, die Till, die Gelegenheit nutzend, eine E-Mail geschickt hatte, um ihn zu meiner Geburtstagsparty einzuladen, in der Hoffnung, dass er und ich wenigstens aufhören würden, uns gegenseitig schmerzhafte Beleidigungen und wilde Drohungen hinsichtlich der Kinder an den Kopf zu werfen. Ich würde herausfinden, dass sie die besten Absichten hatte – aber ich werde ihr trotzdem niemals verzeihen können.

* * *

Beth brachte mir schon wieder eine Mitteilung von der Schule, geschrieben von einer wütenden Lehrerin, mit – für die Sammlung.

»Hier«, sagte sie, den Blickkontakt mit mir meidend. Ich hatte bereits beschlossen, dass ich es später lesen würde, aber ich zog trotzdem forschend eine Augenbraue hoch.

»Es ist nur Frau Berg …«, sie gähnte, streckte ihre Arme aus und entblößte dabei ihren Bauchnabel, »… die sich über mich beschwert – wieder mal. Das Übliche.«

Um ehrlich zu sein, in diesen Momenten, wenn Beth so über allem steht, obwohl sie gerade eine Strafpredigt von einer Lehrerin erhalten hat und höchstwahrscheinlich dasselbe von mir bekommen wird, bedauere ich es, eine Mutter zu sein, mit der Verantwortung, sie »Respekt« und »Ehrgefühl« zu »lehren« und den Unterschied zwischen »richtig« und »falsch«, die Wichtigkeit von Körperpflege und lauter solcher Ehrenhaftigkeiten. Ich will ihr einfach Fünf geben und etwas sagen, was mit dem Wort »bee-atch!« endet. Ich bewundere sie sehr für ihre Fähigkeit, mit beiden Händen an ihrem Selbstwertgefühl festzuhalten, während überall um sie herum Leute versuchen, es brutal zu erschüttern. Ich war nie so in diesem Alter.

Wenige Minuten später ließ mich Beth mit meinem Gewissen ringend zurück, denn trotz des ernsten Stirnrunzelns, das ich ihr gegeben hatte (beabsichtigt als Vorgeschmack auf Dinge, die noch folgen sollten), hatte zweifellos eine Mischung aus Anerkennung und Ehrfurcht in meinen Augen getanzt. Ich bekam mit, wie sie Ash die Geschichte im Flur erzählte – er war stets erpicht darauf, zuzuhören, wenn Geschichten darüber erzählt wurden, wie revolutionäre Kinder Unterdrückung durch bösartige Lehrer überwunden hatten.

Die Geschichte begann mit den Worten: »Oh, den hab ich so gedisst!« – genauso wie alle großartigen Beth-Geschichten.

»Deniz hat sein NaWi-Projekt heute vorgestellt, er hat ein Monopoly-Spiel gemacht, ja? Und wir haben alle neue Namen für die Straßen vorgeschlagen …«

Von dort, wo ich saß, konnte ich leicht den Ausdruck auf Ashs Gesicht sehen – gebannt. Er grinste ein wenig und starrte zu Beth hoch, als hätte er sich absolut und vollkommen über beide Ohren in sie verliebt. Ich lächelte still in mich hinein und fragte mich, wie Ashs Präsentation gelaufen war und ob er schon mit Till darüber gesprochen hatte.

»… und der blöde Idiot Julius – weißt du, Leas Bruder, ja? – na ja, er hat mal wieder so einen dummen Scheißwitz wie immer gemacht. Jemand sagte, dass es drei Straßen geben sollte, mit den Namen … na ja, eine Schwarz, eine Gelb und eine Rot, für die Farben der deutschen Flagge. Also sagt Julius – ›ja und Bethany sollte in der *Schwarzen Straße* wohnen, weil …‹«

Beth machte eine kleine nickende Kopfbewegung in Ashs Richtung – eine Geste, die so viel hieß wie »du weißt schon, was danach kommt«.

Als der Satz, den ich schrieb, schon wieder meinen kogniti-

ven Fängen entwischte, lachte Ash: »Was für ein Blödmann!«
Ich nickte in stiller Zustimmung. Mindestens zwanzig Jahre
sind vergangen, seitdem ich schulpflichtig war. Anscheinend
hat sich nichts verändert.

Beth lachte auch. »Ich habe gesagt«, fuhr sie fort, »ich habe
gesagt: ›Ja, und es sollte auch eine *Cracker-Straße* geben, und
du würdest dich da ziemlich zu Hause fühlen, was?‹ Er war so
stinksauer. Alle haben gelacht und ›gedisst!‹ gesagt – es war
so witzig. Aber das Witzigste kommt noch. Frau Berg, ja, sie
wird total sauer, weil sie glaubt, wir haben Julius ausgelacht,
weil er fett ist!«

Ash lächelte verunsichert, als Beth zu kichern anfing, aber
schließlich gab er zu: »Versteh ich nicht.«

Sich die Seiten vor Lachen haltend, machte Beth einen er-
neuten Versuch, es zu erklären. »Sie hat gehört, wie ich den
Cracker-Witz gemacht habe, ja? Und sie dachte, dass ich von
Gebäck-Crackern geredet habe – als hätte ich gesagt, er sollte
eine Diät machen …«

In diesem Moment fingen sie beide an, sich zu kugeln vor
Lachen, und selbst ich konnte es mir nicht verkneifen, in
mich hineinzulachen. Vor dem Abendessen würde es keinen
Fortschritt mit diesem Kapitel geben. Ich gab würdevoll auf.
Werner würde es verstehen.

»Sie weiß nicht, was ein Cracker ist?«, prustete Ash los.

»Sie weiß es nicht!«, johlte Beth zurück.

Gibt es eine passendere Beurteilung über den Zustand
interkultureller Kompetenz in deutschen Schulen? An der
Stelle beschließe ich, mir erst gar nicht die Mühe zu machen,

den Brief überhaupt zu lesen. Till kann sich um Frau Berg kümmern.

* * *

Auntie war zutiefst betroffen von meiner Umstellung zur veganen Lebensweise. Ich war zu der Zeit ungefähr sechzehn. Wütend und idealistisch. An dem besagten Morgen hatte ich einen Tag schulfrei, um mich auf eine Prüfung vorzubereiten. Auntie und ich saßen in unserem Garten. Ich erinnere mich, dass es ein ungewöhnlich warmer Tag war, dafür, dass es Frühling war. Wir unterhielten uns über dies und jenes, während Auntie Fisch abschuppte. Und das war der Moment, in dem ich den Entschluss fasste. Auntie konnte an meinem Gesichtsausdruck erkennen, dass ich an dem Abend kein Kenkey, Shito und gebratenen Barsch mit ihr essen würde – obwohl es mein Lieblingsessen war. Sie sagte nicht sehr viel dazu. Aber ich weiß, dass sie fand, dass ich mich veränderte. Rasant. Sie fand, dass ich zu *weiß* wurde – was widersprüchlich ist, weil es gleichzeitig genau das war, was sie wollte. Wir lebten im weißesten Teil von East London, und ich besuchte eine Schule, in der ich das einzige Schwarze Mädchen war. Ihre Entscheidung, kein *Ga* mit mir zu sprechen, war ein wohlüberlegter Bestandteil des weißen englischen Assimilationsprogramms. Aber Essen, so scheint es wohl, ist etwas gänzlich anderes.

Sie wollte wissen, warum. Ich glaube, meine Entscheidung, nicht darüber ins Detail zu gehen, wie genau Fische leiden, bevor sie sterben, war klug. Stattdessen erzählte ich ihr, dass ich darüber gebetet hatte, was nicht ganz unrichtig war. Ich *hatte* tief in meinem Gewissen gewühlt, und meine Augen waren zu dem Zeitpunkt geschlossen gewesen. Wie dem auch sei, die Hauptsache war, dass es ein Grund war, den Auntie akzeptieren konnte. Sie schaute lange auf den Fischkopf in ihrer Hand, dann zurück zu mir.

»Und was *wirst* du essen?«

Sie kam gut damit klar, in Anbetracht aller Tatsachen. Sie ließ sich wunderbare ghanaische Gerichte, die kein Fleisch oder Fisch beinhalteten, einfallen. Bis heute ist Aunties scharfe Okro- und Pilzsuppe mit Fufu unschlagbar. Ich beschloss, anfangs nicht das Kleingedruckte auf den Maggiwürfeln, die sie benutzte, zu lesen. Nur, um sie langsam daran zu gewöhnen. Aber am Ende überredete ich sie, auch diese nicht mehr zu verwenden. Meine Eltern hatten eine komplett andere Einstellung zur veganen Ernährungsweise. Sie verstanden es nicht, und sie gingen nicht darauf ein. Ich aß ohnehin nicht oft bei ihnen. Aber manchmal war es unvermeidlich, und zu solchen Anlässen war es viel leichter, einfach zu essen, was mir gegeben wurde, und mich danach zu übergeben, als sie davon zu überzeugen, dass ich nicht krank oder dumm war.

Metaphorisch gesagt, hielt Auntie den Atem an, bis Beth und Ash anfingen, feste Nahrung zu essen. Ursprünglich hatte ich sie beide auch vegan großziehen wollen, aber sie waren die fleischliebendsten Babys, die du je gesehen hast – daraus wäre nichts geworden. Mein Essen war eindeutig viel uninteressanter als Tills – sie steuerten jedes Mal auf seinen Teller zu. Auntie war erleichtert, dass die Kinder – selbst in ihren jungen Jahren – vernünftig waren. Ich zuckte meine Achseln.

»Sie werden es schon noch lernen«, erwiderte ich ruhig, in meine Karotte beißend. Aber sie taten es nicht.

Es gab eine Phase, in der Beth, Ash und ich jeden Abend riesige Streits hatten über die gesunde und nahrhafte milch-, fisch- und fleischfreie Mahlzeit, die ich gerade gekocht hatte. Warum auch Nussbraten mit Ofenkartoffeln essen, wenn man um die Ecke zwei Lahmacun kaufen konnte und am Ende sogar noch das Wechselgeld behalten durfte, das von den fünf Euro übrig blieb? Irgendwann hörte ich aus Empörung auf, für sie zu kochen. Till übernahm die Küche.

Auntie weh zu tun, war jedoch eine unvorhergesehene Konsequenz. Für sie war Fleisch das Allerbeste, was sie mir bieten konnte. Es war nahrhaft und teuer. Es muss die Erfüllung eines Traums für Auntie gewesen sein, mir jeden Tag eine Mahlzeit mit Fleisch vorsetzen zu können. Und da war ich also und kehrte dem Ganzen meinen Rücken zu. Auntie nahm meine Zurückweisung ihrer Kochkünste wie eine direkte Zurückweisung ihrer selbst auf – ich habe noch immer nicht die Worte gefunden, um ihr zu sagen, dass das nicht so ist.

Till lächelte teilnahmsvoll und legte seinen Arm um meine Schulter, als ich ihm all dies erzählte. Er sagte, er würde mich verstehen. Und ich konnte mir nicht vorstellen wie, bis er mir in wenigen Worten erzählte, wie ihm eine ähnliche Erkenntnis gekommen war, als er das erste Mal direkt mit angesehen hatte, wie Ash eine rassistische Erfahrung machte. Er beschrieb, wie machtlos er sich gefühlt hatte. Wie er einfach mit seinem Sohn geweint hatte und ihn in den Arm genommen hatte. Die Jungs waren schon zu weit weg, als Till bemerkte, was soeben passiert war, und Ash brauchte Till nun mal, um ihm genau hier und jetzt den Speichel vom Gesicht zu wischen.

Till erklärte, sich in mich zu verlieben sei ein simpler, naiver Akt mit gewaltigen unvorhergesehenen Konsequenzen gewesen. Wir waren ein Weile lang still. Dann drehte er meinen Kopf mit einer Hand zu sich, sah mir direkt in die Augen und sagte:

»Aber ich würde nichts ändern. Nicht das Geringste.«

Er küsste mich auf die Stirn. Ich schloss meine Augen und fühlte mich geborgen.

* * *

Alles ist vorbereitet. Das ist es schon seit dem frühen Nachmittag. Ich habe meinen Freunden gesagt, ab drei Uhr nachmittags zu kommen, weil ich wusste, dass einige von ihnen entweder ihre Kinder mitbringen und früh gehen oder später zu viel cooleren Clubs weiterziehen und deshalb früh gehen wollen würden. Keines meiner Kinder ist hier. Beth weigerte sich rundheraus, als ich sie fragte, und lud sich selbst stattdessen – in Windeseile – zu einer Freundin nach Hause ein. Ash war traurig über Beths Absage und überlegte dazubleiben, aber beschloss am Ende, dass es langweilig ohne sie sein würde, und entschied sich stattdessen, Janik zu besuchen. Ich trage mein neues Kleid und bin im Stillen zuversichtlich, dass es mir gelingen wird, Till zu vergessen – wenigstens für eine

Nacht. Mein DJ hatte im letzten Moment abgesagt; glücklicherweise erklärte sich jedoch Die Australierin bereit, die Musik für mich zu machen; also weise ich auf die Käsestangen hin, rühre den Avocadodip um, reiche das Popcorn weiter, schenke noch ein Glas Prosecco ein (oh, diesmal mit Orangensaft?) und bekräftige, dass sie umwerfend aussieht / sein neues Hemd fabelhaft ist und / oder die Musik großartig ist. Jeder Gast besteht darauf, mit mir anzustoßen, als sie bei der Party eintreffen, also …

granatsplitter (283): »... also alle anderen, mit denen ich spreche, denken ...«

drei

… in meinen Traum schwebend. Ich verstand anfangs einfach nicht, was sie sagte, und murmelte irgendetwas als Antwort.

»Mum«, wiederholte sie eindringlicher. »Alles in Ordnung mit dir?«

Ich öffnete meine Augen und sah Beth direkt über mir, herabblickend, offensichtlich verwundert, dass ich auf dem Boden lag. Ich setzte mich schnell auf und strich mir mit meiner linken Hand durchs Gesicht, aber ich konnte mich nirgendwo verstecken – sie konnte sehen, dass ich vor dem Einschlafen geweint hatte.

»Mir geht's gut«, sagte ich und hüstelte. »Ich hatte Kopfschmerzen. Sie sind jetzt weg.«

Beth sah mich skeptisch an, aber verfolgte diese Kette von Fragen nicht weiter. Ich setzte mich neben sie auf mein Bett und realisierte, dass wir seit mehreren Monaten nicht so zusammen alleine gewesen waren. Bestimmt war das letzte Mal vor über einem Jahr. Ich war froh, dass sie in mein Zimmer gekommen war, aber darauf bedacht, diesen sensiblen Moment nicht zu zerstören, indem ich zu zufrieden aussah.

»Ich habe morgen eine Präsentation«, sagte sie, ihren Kopf kratzend, was mich nervös machte, da es kürzlich einen Kopflausbefall in ihrer Klasse gegeben hatte und es nicht witzig ist, Afrohaare zu entlausen. »Ich muss ihnen alles über meinen Namen erzählen.«

»Über deinen Namen …«, wiederhole ich nickend, während ich gleichzeitig im Kopf durchrechnete, wie lange ich es mir erlauben könnte, an Beths Hausaufgaben zu arbeiten, bevor ich mich dringend meinen eigenen widmen musste.

»Ja, wie viele Namen ich habe, was sie alle bedeuten, warum sie ausgewählt wurden und von wem …«, Beths Stimme brach ab. Sie wusste, dass ich geplant hatte, den Abend damit zu verbringen, wie eine Wahnsinnige zu schreiben. Sie bat mich ohnehin selten um Hilfe, und besonders unter diesen Umständen wäre es überhaupt kein Problem für sie gewesen, einfach morgen zur Schule zu gehen, ohne ihre Hausaufgaben fertig zu haben. Zum Glück war ich wach genug, um die Chance zu erkennen, die sie mir gab.

»Lass mich raten«, sagte ich lächelnd. »Neuer SoWi-Lehrer?«

»Du hast es …«, Beth lächelte zurück. Beth lächelte mich an! Innerlich machte ich einen Freudentanz.

Ich lud Beth ein, mir in der Küche Gesellschaft zu leisten, wo ich ihr eine heiße Schokolade mit Sprühsahne und Marshmallows machte, genauso, wie sie es immer liebte. Ich erzählte ihr alles darüber, wie Till und ich den Namen »Bethany« ausgewählt hatten, dass sowohl ihrer, als auch Ashs Name aus der Bibel kamen. Ich hörte zum ersten Mal, wie zufrieden sie war, dass sie auch nach Auntie benannt worden war, und wie sie es hasste, wenn die Leute ihren zweiten Namen zu »Pat« abkürzten. Wir lachten, bis die Tränen uns die Wangen herunterrollten, als Beth mir erzählte, wie entsetzt sie war, als sie das erste Mal Ashs zweiten Namen hörte. Ich versuchte, mich jeglicher Verantwortung zu entziehen. Till hatte seinem Großvater Heinrich die Ehre erweisen wollen, einem deutschen Kommunisten, welcher in Nazideutschland festgenommen und ermordet worden war.

»Ja, wie auch immer«, hatte Beth geantwortet. »Aber ihr hättet ihn anglisieren können. Oder … *seinen* zweiten Namen nehmen können … oder irgendwas!« Sie schüttelte ihren Kopf empört. »Heinrich! Ich meine … was habt ihr euch dabei gedacht?«

Ash und Beths dritte Namen kamen von den *Ga* aus Accra, genau genommen dem *Amatsewe* Clan. Ich erklärte Beth, wie ich alles darüber im Internet herausgefunden hatte, weil Auntie im ländlichen Ghana unterwegs gewesen war, als die Zwillinge geboren wurden. Ich konnte sie nicht erreichen, um ihren Rat einzuholen. Die Namen sind für das erstgeborene Mädchen und den erstgeborenen Jungen in der Familie. Nur zwei Monate nach der Namensgebungszeremonie, als Auntie uns das erste Mal besuchen kam, fand ich heraus, dass ich die falschen ausgesucht hatte.

»Zwillingsnamen«, hatte Auntie behutsam erklärt, »sind immer dieselben, egal bei welchem Clan. Der Junge wird *Oko* genannt und das Mädchen *Akweley*.« Ich erklärte Beth, dass weder Auntie noch ich es für nötig hielten, uns zu fragen, warum mein Dad mich nicht selbst darauf hingewiesen hatte.

»Ich verstehe«, Beth nickte nachdenklich und kaute an ihrem Bleistift.

»Und du, Mum? Was bedeutet dein Name?«

Ich dachte zurück an ähnliche Hausaufgaben, die ich auf-
bekommen hatte. Ich sitze im Klassenraum, die Augen von
denen hinter mir verbrennen meinen Nacken, die Augen von
denen neben mir durchbohren meine Wangen, die Augen
von denen vor mir scannen meinen Gesichtsausdruck nach
Authentizität: »Was ist ihr afrikanischer Name? Und bedeutet
er auf Englisch übersetzt: ›das wertvollste Vieh, welches in der
Savanne grast‹?«

Ich dachte daran zurück, wie sehr ich meine Lehrer hasste in solchen Momenten. Für jedes Mal, dass sie mich all-
dem aussetzten. Für jedes Mal, dass ich die weißen Freunde
enttäuschte, indem ich nicht exotisch genug war, und die
Schwarzen Freunde, indem ich nicht afrozentrisch genug war.

»Ehrlich gesagt, ich weiß es nicht«, seufzte ich, meine Augen reibend. »Damals sah meine Mum viel fern.«

Beth zog ihre Augenbrauen hoch. Ich lehnte mich zur Seite
und blinzelte. »Ich glaube, ich wurde nach einer amerikanischen Schauspielerin benannt. Frag Grandma.«

* * *

Es gibt da ein Wort – »klandestin«. Es gefällt mir so sehr.
Aber ich weiß nicht wirklich, was es bedeutet. Aufgrund des
Gefühls, das ich bekomme, wenn es sich träge in meinem
Mund umherwälzt (ich muss meine Sprache etwas verlang-
samen, um die drei Silben in einer halbwegs vernünftigen
Reihenfolge herauszubekommen), nehme ich an, dass es das
perfekte Adjektiv ist, um mein Verhalten an diesem Morgen
zu beschreiben.

Der Tag ist jung. Kalt und frisch. Eine Atemwolke hängt an meinen Lippen, jedes Mal wenn ich ausatme. Meine Nase und Fingerspitzen kribbeln. Ich fühle mich bestraft, obwohl ich nichts verbrochen habe … noch nicht. Während ich das klandestine Fotoshooting ausführe, sind meine beiden Objekte herrlich nichtsahnend, dass … eigentlich sind sie einfach nur herrlich nichtsahnend. Sie halten Händchen und lachen sorglos.

Ich sah sie zufällig, als ich die Apotheke verließ. Da waren sie, vollkommen offensichtlich für jeden auf der Bergmannstraße. So eine Schamlosigkeit.

Als ich sie weiter beobachtete – aus einer angemessen respektvollen und unaufdringlichen Entfernung natürlich –, wurde mir klar, dass ich eine Szene beobachtete, die sich bereits abgespielt hatte. Ich hatte lediglich Zugang zu den Wiederholungen, den überarbeiteten Highlights, den Déjà-vus, den »Rewind ma selector and come again!«-Momenten. Sie hielten Händchen. Das Blut gefror mir in den Adern. Aber als er ihre Hand küsste, begann meine eigene Hand zu kribbeln. Nicht buchstäblich. Aber mein Körper vermisste seine warmen Lippen. Und meine Hand reagierte. Dort, wo seine Zärtlichkeit hätte sein müssen, war eine leichte Delle. Meine Hand kribbelte, und Sekunden später hielt sie eine Kamera. So kam es dazu. Es ist Tills eigene Schuld.

Ich glaube nicht, dass irgendjemand sich darüber wundert, dass ich in der Nähe der Ecke Zossener Straße und Bergmannstraße stehe und Fotos von einer winterlichen Straßenszene mache. Ich achte darauf, den Blickwinkel nach jedem Klicken ein wenig zu verändern. Es ist anzunehmen, dass niemand mir die geringste Beachtung schenken würde, wenn es mir nur gelingen würde, normal ein- und auszuatmen.

Hart.

Das ist ein weiteres gutes Wort (ich habe viele davon), um eine Reihe von Dingen zu beschreiben, unter anderem – in keiner bestimmten Reihenfolge – mein Leben, sehr alte Tofuwürstchen, mein Leben, Beths letzte Mathearbeit, mein Leben, während eines von Werners Kolloquien wach zu bleiben, mein Leben, Ashs Chancen, ein Praktikum in einer Anwaltskanzlei zu bekommen, mein Leben, zuzusehen, wie Tills Lippen die Hand einer anderen Frau berühren, mein Leben.

Ich bemühe mich, mein Herz davon abzuhalten, aus meinem Mund herauszuspringen, und die Kamera macht klick klick … klick … Und ich darf die allgemeine winterliche Straßenszene nicht vergessen. Liegen gebliebene Weihnachtsbäume. Gefrorene Hundescheiße. Die unbeachteten Obdachlosen. Mein Nachbar will mich anscheinend grüßen, aber jetzt hört er mein Atmen und beschließt, dass er mir damit zu nahetreten würde. Er läuft weiter – die Entfernung ist so, dass man einfach so tun kann, als hätte man sich nicht gesehen. Und während der eine nach Hause läuft und von starkem Kaffee träumt, bleibt die andere an der Straßenecke und wundert sich: Warum hat er sie hierher gebracht? Gibt es in einer Stadt wie Berlin nicht Millionen von Orten, um sich mit einer Liebhaberin zu treffen?

Klick. Klick. Klick.

Und überhaupt, sollte Till nicht eigentlich gerade bei der Arbeit sein?

Klick. Klick. Klick.

Und nun wandern meine Gedanken zu Kathrin. Und nun denke ich an sie und die Fotos. Kathrin und die Fotos. Kathrin. Fotos. Kathrin …

Klick. Klick. Klick.

Ich mag diese Frau nicht. Aber nun sehe ich mir die eingefangenen Bilder an, während ich davongehe, und sie schießt mir durch den Kopf. Sie kann mir jetzt helfen.

Ich brauche nur fünf Minuten, um in dem kleinen Laden direkt hinter der Marheineke-Markthalle zu besorgen, was ich brauche. Es ist ein Laden, der Windeln und Shampoo und Kondome verkauft. Außerdem verkauft er Rache in verschiedenen Formen: »belastende fotografische Beweise« oder »digitale Bilder, die beweisen, dass Till seine Chefin damit belogen hat, heute krank zu sein«. Irgendwie besiegelt die Tatsache, die Fotos zu sehen, sie in meinen Händen zu halten, unsere Trennung so, wie nichts anderes es getan hat. Weder der Ehering, den ich Till hinterhergeworfen habe, als ich ihn angebrüllt habe, er solle verschwinden und nie wiederkommen, noch die Fotorahmen, die jetzt zerschlagen und zerbrochen im Mülleimer liegen, noch die zerrissenen Liebesbriefe, Briefe, die ich seit dem Tag, als Till und ich uns kennenlernten, aufbewahrt hatte. Gestern zerbrach er mich, und ich dachte, ich wäre über das Gröbste hinweg. Heute wird mir klar, dass dies nur der Anfang ist.

Ich zahle für die Fotos und summe leise vor mich hin,

während ich auf das Wechselgeld warte, um nicht in Tränen auszubrechen. Das will ich auf gar keinen Fall. Nicht hier. Ich darf mir von der Kassiererin einen Briefumschlag ausleihen. Sie wirft mir einen wissenden Blick zu, als sie mir sagt, dass ich nicht dafür bezahlen muss. Ich lächle zurück – mein Hals ist zu eng, um ihr mehr zu geben. Sie scheint Verständnis zu haben.

Jetzt sitze ich auf meinem Fahrrad und schlängle mich zwischen den Autos durch. Es ist gefährlich, was ich da tue, aber ich bin auf einer Mission. Die Autofahrer können auf sich selbst aufpassen. Fast erwischt mich ein Taxifahrer, der seine Tür öffnet, genau, als ich vorbeirase. Wir werfen uns gegenseitig Flüche an den Kopf. Ich fühle mich viel besser, als der Ärger durch meinen Körper strömt, meine Beine antreibt und meinen Mittelfinger anhebt. Mir gelingt es, die gesamte Strecke zwischen Kreuzberg und Mitte in weniger als fünfzehn Minuten zurückzulegen.

Kathrins Agentur ist im zweiten Stock eines Bürogebäudes. Sie wird mich nicht sehen. Ich verschließe den Umschlag und werfe ihn in ihren Briefkasten. Die Tat kann nun nicht rückgängig gemacht werden.

Jetzt fahre ich zurück nach Hause. Ich verdränge die Auswirkungen meiner Handlungen aus meinen Gedanken. Wie Kathrin auf den Umschlag reagieren wird, ist nicht mein Problem. Und wenn Till seinen Job verliert – umso besser. Ich versuche, an andere Dinge zu denken – wann Auntie zum Flughafen gehen wird oder ob Ash heute nach der Schule Janik besuchen wird –, und ich erinnere mich, dass nächste

Woche mein Geburtstag ist. Gestern dachte ich, ich würde untertauchen müssen. Heute denke ich: Ich werde feiern. Scheiß auf Till.

* * *

Die Leute glauben nicht, wenn ich ihnen sage, dass ich genau bis zu dem Moment, als Beth sich offenbarte, nicht wusste, dass ich Zwillinge bekommen würde. Wohingegen diejenigen von uns, die eine Schwangerschaft auf Achse erlebt haben – zum Beispiel, weil sie das Leben in einem stetigen Hin und Her zwischen zwei Städten leben –, wissen werden, wie einfach es ist, hin und wieder einen Schwangerschaftsvorsorgetermin zu verpassen – oder auch fünf. Insbesondere, wenn diese zwei Städte sehr weit voneinander entfernt liegen – in zwei verschiedenen Ländern, zum Beispiel. Und insbesondere, wenn die Schwangerschaft einer engen Freundin so sehr von Fehlstarts, Fehldiagnosen und unerwünschten Einmischungen geplagt worden war, dass es bleibende Spuren und ein vages Gefühl bei einem hinterließ, dass es vielleicht besser wäre, in ein Dorf irgendwo am Stadtrand von Accra zu fliegen, um unter einer Kokospalme zu entbinden, mit nichts als einem Gebet auf den Lippen und einer Kalebasse voll heißem Wasser. Es kam mir tatsächlich so vor, als würde das ständige ultrapieksen, ultrastechen und ultraschallen nicht wirklich zu einem echten Vorteil für mich oder mein ungeborenes Baby führen. Das, so stellt sich heraus, war in der Tat dumm. Weil ich nicht mit Beth gerechnet habe.

Ich kann sie mir jetzt vorstellen, wie sie sich in meiner Gebärmutter hinter Ash versteckt, nachdem sie ihn überredet hat, dass sie beide all uns Idioten da draußen einen Streich spielen sollten. Es war eine äußerst überraschendes Erlebnis für mich, in die wunderschönen Augen meines neugeborenen Sohnes zu schauen, während ich den Drang, noch mal zu pressen, verspüre, nur um ein paar Herzschläge später zu hören:

»O NEIN! Jesus Christus! – da ist noch ein Kopf!«

Ich weiß nicht, was sich meine Mutter dabei dachte, als sie das sagte. Es erschrak mich wahnsinnig, kann ich dir sagen. Aber wie es aussieht, war der Kopf *doch* an einem Körper befestigt. Sekunden später blickte ich hinunter zum Anblick beider Babys in meinen Armen und fragte mich, was ich bloß getan hatte, um das zu verdienen. Wenn es möglich ist, das zur exakt gleichen Zeit sowohl positiv als auch negativ zu meinen, dann ist das sicherlich eine ausgezeichnete Beschreibung davon, wie ich mich in meinem Krankenhausbett liegend fühlte, umgeben von einem Haufen Eindringlinge. Till war auch da. Er strahlte so viel Freude und Dankbarkeit aus; es brachte sogar die abgebrühte diensthabende Ärztin dazu, ihre Mundwinkel nach oben zu ziehen. Irgendwie waren seine Glückseligkeit, meine Verwirrung, das Gewicht der beiden neugeborenen Zwillinge – alles mehr, als ich ertragen konnte. Was sich vielleicht merkwürdig anhört, aber um ausreichend zu beschreiben, wie schwer die Zwillinge waren, müsste ich diejenigen, die bereit sind, aufmerksam und verständnisvoll zuzuhören – aber bitte ohne Mitleid –, zu den verworrenen Winkeln meiner Gedankenwelt führen. Die Winkel, die vorher verschlossen und verdeckt wurden, zum Zwecke der Selbsterhaltung und mit dem Verdacht, dass es niemanden wirklich interessiert.

Dort!

Siehst du den Winkel?

Es ist der vergoldete Rand meines fünften Geburtstages. Greif einfach danach und zieh ihn sanft zu dir.

Am Abend zuvor war ich so aufgeregt gewesen – ich hüpfte umher und sang ein Lied, dass ich gerade in meiner neuen Vorschule gelernt hatte. Es war, als hätte ich einen Sprung in der Platte. Ich war ekstatisch, aber es hatte meine Mutter wahnsinnig gemacht. Sie hatte gedroht, meinen Geburtstagskuchen zu zerstückeln. Woher sollte ich wissen, dass sie keine Scherze machte? Heute, aus einer sicheren Entfernung, kann ich mich selbst sehen: ein fünfjähriges Schwarzes Mädchen, das verzweifelt weint und ihre Mutter anfleht, ihr zu vergeben, obwohl es bereits viel zu spät ist. Das Massaker hatte bereits stattgefunden, und es gab keine Geschenke. Im Haus meiner Eltern war die Tatsache, dass Geburtstage überhaupt berücksichtigt wurden, bereits ein gewaltiger Kompromiss. Mein Vater hatte normalerweise andere Dinge im Kopf. Meine Mutter hatte normalerweise die Zeugen Jehovas in ihrem (sie war selbst keine, aber fand den Aspekt des Nichtfeierns von Geburtstagen in deren Glauben sehr interessant). Und so, am frühen Morgen meines fünften Geburtstages, weinte das kleine Schwarze Mädchen untröstlich, und sie wusste, dass es weder die fehlenden Geschenke waren, die sie verletzten, noch die Reste des pinken Prinzessinnen-Geburtstagskuchens, den sie so sehr geliebt hatte. Es war die Gleichgültigkeit. Ihre Mutter nahm sie nicht in den Arm, egal, wie viele Male das kleine Mädchen sie anflehte:

»Mummy, es tut mir leid …«

Der Blick, den mir meine Mutter in dem Moment zuwarf, ist eine meiner frühesten Erinnerungen. Und als ich zu meinen neugeborenen Zwillingen hinuntersah, wusste ich, dass mein Gesichtsausdruck irgendwie genauso war. Das Baby zu meiner Linken hatte seine Augen geschlossen, möglicherweise, um sich zu schützen, möglicherweise, um vorzugeben, er hätte es nicht bemerkt, möglicherweise, um sich darauf vorzubereiten, ein Leben lang zu versuchen, ein wenig mütterliche Zärtlichkeit aus mir herauszubekommen. Das Baby zu meiner Rechten starrte mir direkt entgegen. Direkt. Mit ihr war nicht zu spaßen. Ich hatte meine Nemesis getroffen.

* * *

Zufälligerweise, als sie noch ihr Referendariat abschloss, hatte Ama für sechs Monate eine Stelle an der Schule von Beth und Ash. Es lief so gut, dass Ama dort eine feste Stelle angeboten bekam, sobald sie ihr Staatsexamen beendet hatte. Keines meiner Kinder war begeistert, in Anbetracht der Tatsache, dass Amas Loyalität überhaupt gar nicht auf die Probe gestellt wurde – sie berichtete mir alles, ohne zu zögern. Manchmal täglich.

Und zu der Zeit, als Till noch an der Universität war, traf er sich etwa einmal in der Woche mit Ama. Meistens holte er sie nach der Arbeit von der Schule ab, und sie fuhren in ein na-

hegelegenes Café oder gingen gelegentlich am Kanal spazieren. Und sogar nachdem er seinen Abschluss absolviert hatte
und selbst anfing, Vollzeit zu arbeiten, verabredeten Ama
und er sich immer noch regelmäßig. Meistens ging er zu ihr
nach Hause, aber manchmal kam sie uns an Wochenenden
besuchen und brachte einen köstlichen selbstgebackenen
Kuchen oder einen Wein und Obst mit. Wir drei saßen und
redeten stundenlang, außer wenn ich in der Woche besonders
unproduktiv gewesen war; in diesem Fall zog ich mich nach
einiger Zeit widerwillig in mein Zimmer zurück und widmete
mich meiner Doktorarbeit.

Ich war sehr froh, dass sie sich so oft trafen, weil ich das
Gefühl hatte, dass Till keine anderen vernünftigen Freunde
hatte – er hatte seine Saufkumpanen, mit denen er manchmal
Fußball guckte, aber das war es auch schon. Ama war jemand,
mit der er wirklich reden konnte. Da Till sich von mir zurückzog …

granatsplitter (353): »... sie ist eine bessere Mutter, als du es je sein wirst ...«

zwei

… höflich. So wurde ich erzogen.

* * *

Die Australierin und ich hatten gerade das Korrekturlesen unseres gemeinsamen Artikels abgeschlossen, und ich war dankbar für ihre Geduld, aber brauchte wirklich dringend meinen Freiraum, bevor die Kinder nach Hause kamen. Es ist nicht so einfach, den Übergang hinzubekommen, von »Abhandlung des Dilemmas zwischen sozialer Entfremdung und Selbstentfremdung – Ein Vergleich zwischen Frisch und Dürrenmatt« zu einer Diskussion mit Ash und Beth darüber, ob wir heute Abend »Malcolm X« oder »Das A-Team« auf DVD anschauen würden. Ich brauchte wirklich ein kleines bisschen *Zeit für mich.* Aber ich bot Der Australierin trotzdem ein weiteres Getränk an, obwohl ich wusste, dass Berliner Gastgeber solche Dinge nicht tun, wenn sie wirklich wollen, dass ihre Gäste gehen. Und Berliner Gäste sagen nicht: »nein danke«, wenn sie eigentlich meinen: »Ja, ich würde liebend gerne bleiben und noch etwas trinken – obwohl du so aussiehst, als ob du etwas anderes zu tun hättest«.

Ich denke – so sehr ich es hier auch liebe –, ich werde mich niemals an diese Stadt gewöhnen.

Berlin ist ein Ort, wo die Leute in Restaurants gehen und

draußen sitzen, mitten im tiefsten Winter. Wenn ihnen klarwird, dass es selbst für sie zu kalt ist, um diesen Blödsinn sehr
viel länger durchzuziehen, gehen sie etwa hinein? Keines-
wegs. Sie bitten die Kellnerin, ihnen eine Decke zu bringen.
Viele Restaurants in dieser ansonsten extrem umweltfreund-
lichen Stadt investieren sogar in wahnsinnig teure Heizpilze.
Seltsam.

Berlin ist ein Ort, wo alles geht und du anziehen kannst,
was auch immer du willst, aber wenn du eine Schwarze Frau
in der U-Bahn bist, sei darauf vorbereitet, sehr *sehr* langsam
von oben bis unten gemustert zu werden. Ich kann dir nicht
sagen, wie oft ich vor Schreck an mir herabgeschaut habe
in solchen Momenten, um zu prüfen, ob meine Jeans offen
waren oder ob mein Kleid in meiner Unterhose eingeklemmt
war. Weiße Menschen sehen mich manchmal so an, als wäre
ich ihre eigene private Völkerschau. Zurückstarren hilft nicht.
Es zählt als Teil der Unterhaltung. Wo sonst kann ein Tourist
dich dazu bringen, dich zu fühlen, als wärst du – die Einwoh-
nerin – im Grunde genommen diejenige, die nicht hierher
gehört? Willkommen im Berliner Bezirk Kreuzberg.

Berlin ist auch der Ort, der uns Knut, den süßen Eisbären,
gegeben hat. Verlassen von seiner Mutter und großgezogen
von einem menschlichen Stiefvater, zwang Knuts vorzeitiger
Tod die Stadt in die Knie – sogar während sie in ihre Curry-
würste und Döner Kebabs schluchzten, flehten Kinder ihre
Eltern an, ihnen ein Knut-Stofftier zu kaufen.

»Idioten!«, lachte ich verächtlich, als ich die Zeitungen damals las. Nur süße kleine berühmte Tiere, so scheint es, ver-

dienen es, vermarktet zu werden, empfangen hunderte von Besuchern während ihres Lebens, und Kondolenzbriefe, inklusive eines vom Bürgermeister Berlins, zu ihrem Tod.

Und Berlin ist die Stadt, die »customer service« nicht nur für einen ausländischen Ausdruck, sondern für ein komplett fremdes Konzept hält. Ich habe mich mit einer Telefonauskunftsmitarbeiterin gestritten, weil sie es unverschämt fand, wie ich von ihr erwarten konnte, dass sie mein *Kanakendeutsch* versteht; ich bin von einer Busfahrerin angeschrien worden, weil ich hatte rennen müssen, um sie einzuholen, offensichtlich, ohne die Weitsicht gehabt zu haben, pünktlich an der Bushaltestelle zu sein; ich bin von einem Taxifahrer zurechtgewiesen worden, weil er kein Wechselgeld für fünfzig Euro hatte und nicht verstand, wieso es seine Aufgabe sein sollte, es zu besorgen; mir wurden böse Blicke von Kellnern zugeworfen, weil ich bereits nach dreißig Minuten Aufenthalt in einem fast leeren Restaurant gewagt habe, zu fragen, wie viel länger das Essen noch brauchen würde.

Es ist so schlimm hier, sie machen ihr Laster zur Tugend und nennen es liebevoll die *Berliner Schnauze.* Das restliche Deutschland sieht es empört mit an, und das restliche Europa zieht in Erwägung, ob ein Mindeststandard für Kundenbetreuung nicht Teil eines grundlegenden Kriteriums für den Eintritt in die (und Erhaltung der Mitgliedschaft in der) EU werden sollte.

In ihrer wirklich anstrengenden, »den-Wink-mit-dem-Zaunpfahl-nicht-verstehenden« Art passt Die Australierin perfekt nach Berlin, und ich muss immer noch eine Menge lernen. Somit, in unserer gemeinsamen Unwissenheit, saßen wir da und tranken noch einen Kaffee zusammen, bis die Kinder nach Hause kamen.

Beth lächelte und begrüßte Die Australierin herzlich, aber als Ash sie sah, fiel er ihr praktisch in die Arme. Seitdem Janik umgezogen war, um bei seinem Vater zu leben, verbrachten Ash und Janik kaum noch Zeit miteinander, demnach sah Ash Die Australierin selten – obwohl sie ihm praktisch eine zweite Mutter gewesen war. Es scheint, als hatte ich die Auswirkung, die Janiks Umzug auf ihn – oder auf sie – haben würde, unterschätzt. Ich hatte nicht vorhergesehen, wie die kindergroße Lücke, die in das Leben Der Australierin gerissen worden war, niemals gefüllt werden würde, selbst wenn sie all meine Hausarbeiten machen würde, stündlich mit mir Kaffee trinken würde und Ash so lange umarmen würde, bis selbst er es nicht mehr aushalten konnte. In diesem Moment begriff ich endlich, warum, seitdem Till sich von mir entfernt hatte, Die Australierin sich an meiner Not und meinem Schmerz festgehalten und sie zu ihren eigenen gemacht hatte. Und ich realisierte außerdem zum ersten Mal, wie zutiefst dankbar ich eigentlich dafür war.

* * *

Ich habe gerade eben erst registriert, dass die Wasseruhr im Europa-Center gestern kaputtgegangen ist – dem gleichen Tag, an dem Till mich verlassen hat. Es war überall in den Nachrichten – unerklärlicherweise –, ähnlich wie das Plagiat des Mannes mit dem langen Namen es zu seiner Zeit gewesen war. Entrüstete Senioren werden im Radio interviewt; Journalisten umtänzeln Politiker im Fernsehen. Während Ama und ich laufen, sehe ich Zeitungsschlagzeilen. Es ist nicht so offensichtlich für mich, was Berliner an dieser verdammten Uhr so sehr lieben. Ich bin froh, dass sie kaputt ist. Ja, ja, die Symbolik. Aber Ost und West sind jetzt wieder vereint, oder etwa nicht? Die Trennung war in der Tat lang, aber dennoch nur temporär – mein Ehemann hingegen hat mich endgültig verlassen. Ich kann nicht essen.

Heute Morgen lag Ash neben mir und hielt meine Hand beinahe vier Stunden, bevor er einnässte. Aber eigentlich war es für uns beide gut, endlich aufzustehen. Ich machte ihm ein Brot mit Zucker, er machte mir eine Tasse Pfefferminztee. Auntie versuchte sich einzumischen, sie sagte Ash, dass er kein Baby mehr sei und dass es teuer sei, all diese Wäsche zu machen, ganz zu schweigen von der Wasserverschwendung, und dass Jesus keine Jungs mochte, die sich einnässten, und wann würde er endlich lernen zur Toilette zu gehen wie alle anderen Kinder seines Alters? Ash sah sie mit tränenerfüllten Augen an. Ich wusste nicht, was ich zu der Frau sagen sollte – ich nahm einfach die Hand meines Babys, und wir gingen leise zusammen in mein Zimmer zurück. Nachdem ich die Tür hinter uns geschlossen hatte, umarmten wir uns und weinten …

Vor einer halben Stunde traf Ama ein, um mich zu einem Spaziergang im Viktoriapark mitzunehmen. Es war schwierig für mich, Ash bei Auntie zurückzulassen. Er flehte mich an, ihn mitzunehmen, aber ich konnte einfach nicht. Ich fühlte mich so schuldig, als ich die Wohnung verließ, und das Bild von ihm, weinend, während Auntie ihn festhält, verfolgt mich, aber ich muss so dringend mit jemandem sprechen, der mich hören kann.

Ich denke oft, dass Ama eine Stimme hat, die vollkommen aus Seide gefertigt ist. Wann immer wir in der Öffentlichkeit reden, verrenken sich die anderen Leute um uns herum ihre Nacken, um eine Chance zu bekommen, zu sehen, wo der magische Klang herkommt. Und wenn sie mit mir auf *Ga* spricht, schließe ich gerne meine Augen und stelle mir vor, zu Hause zu sein. Ich brauche nicht in irgendeinem kognitiven Sinn zu verstehen, was sie sagt, weil die Melodie das Notwendigste enthält. Nichtsdestotrotz, aufgrund der wenigen Schlüsselworte, bei denen es mir gelungen ist, mich seit meiner Kindheit daran festzuklammern, weiß ich, dass Ama Floskeln mit mir austauschte, um das Gespräch in Gang zu setzen. Solange sie sich auf Fragen beschränkt, die nur ein einfaches »ja« oder »nein« als Antwort verlangen, kommen wir zurecht.

»…?«

»Ja.«

»…?«

»Ja.«

»…?«

»Ja.«

Sie sieht mich an, als ob sie erwarten könne, mehr als einsilbige Antworten aus mir herauszubekommen. Aber das wird nicht passieren. Mein *Ga* reicht, selbst wenn es mir richtig gutgeht, nicht für besonders lange Sätze aus. Und an diesem bestimmten Nachmittag muss ich meine ganze Kraft und Aufmerksamkeit darauf konzentrieren, den einen Fuß vorsichtig, methodisch vor den anderen zu setzen. Jedes Mal, wenn es mir gelingt, betrachte ich es als kleines Wunder.

Wir erreichen den Eingang des Parks. Ama wechselt ins Englische über. Es hat nicht den Vorteil, hier so außergewöhnlich wie *Ga* zu sein, aber immerhin kann das Gespräch das »Ja«-»nein«-Niveau verlassen.

»Was ist passiert?«

»Till hat mich verlassen.«

Schweigen.

Ama weiß nicht, was sie sagen soll, und ich wüsste nicht, wie ich zuhören sollte, also ist es perfekt für mich, dass wir den Rest des Weges zu einem ruhigeren Teil des Kreuzbergs schweigend fortsetzen. Es fühlt sich gut an, nicht überstrapaziert zu werden. Mein Atem wird tiefer, meine Muskeln lockern sich, meine Gedanken schwirren frei durch meinen Kopf; gehen zu Orten, wo ich sie nicht hinlassen darf, wenn der Rest meiner Familie um mich herum ist, wenn meine Verantwortung als Mutter wie eine Tonne Ziegelsteine fest auf meinem Haupt ruht. Die Tränen fließen, aber ich fühle mich frei. Ama nimmt meine Hand in ihre.

Wir setzen uns und schauen den anderen zu, wie sie die Nachmittagssonne genießen oder mit ihren Eltern den Kauf heißer Schokolade verhandeln oder mit ihren Hunden schmusen. Meine Augen konzentrieren sich auf eine hochschwangere Frau, die ihr Mobiltelefon unter ihr Kopftuch geklemmt hat und sich aufgeregt auf Türkisch unterhält. Ich schaue schnell zur Seite, aber schaue dann doch langsam wieder zurück. Sie ist schön und offensichtlich sehr glücklich. Ich frage mich, ob sie eine Ehefrau oder eine Geliebte ist.

»Er liebt eine andere Frau.«

Ama sieht aus, als hätte man ihr gerade in den Bauch geboxt. Ihr Kummer hilft mir irgendwie. Ich konnte noch mit niemandem darüber reden, seitdem Till es mir gesagt hat, und ich bin irgendwie froh, dass sie die Neuigkeiten offenbar genauso bitter und schmerzhaft empfindet wie ich.

»Er ist gestern gegangen. Er hat bereits eine Wohnung gemietet. Er sagt, irgendwo in der Nähe vom Mehringdamm. Ich weiß nicht genau, wo …«

»Kennst du sie?«

Warum, von allen Dingen, die sie hätte sagen können, fragt sie mich das? Ich sehe Ama an, um mehr herauszufinden, mein Gesichtsausdruck, eine Mischung aus tiefer Traurigkeit und ein wenig Verwirrung. Sie meidet meinen Blick und drückt meine Hand. Monate später, wenn ich an diesen Moment zurückdenke, wird mir sofort klarwerden, dass ich es hier gefühlt habe: Ama weiß es bereits. Aber im Moment schließe ich einfach meine Augen. Es gibt keinen Platz für mehr Schmerz. Und es ist mir egal, wer die andere Frau ist. Till könnte in einem Harem leben – es spielt alles keine Rolle, solange er nicht bei mir ist.

»Es ist irgendeine Frau, die er kennengelernt hat, als er nach Möhlau gegangen ist – weißt du noch? Mit Kareem?« Ich schaue wieder zu Ama und fahre fort zu sprechen: »Danach hat er sie scheinbar dort besucht – ziemlich oft.«

Mir ist plötzlich danach zu lachen. Zuerst schnaube ich verächtlich. Es ist nicht attraktiv, aber Ama ignoriert es. Dann kichere ich in mich hinein. Jetzt lache ich wirklich … lauthals … beinahe hysterisch. Ich denke an das Klischee, und mir wird klar, dass es wahr geworden ist. Wie blind ich doch war.

»Ama, kannst du es glauben?«, frage ich, abwechselnd lachend und weinend. »Er hat mir doch tatsächlich erzählt, dass er länger arbeiten musste! Jedes Mal! Kannst du dir vorstellen, dass ich darauf hereingefallen bin?!«

Ama schüttelt ihren Kopf, langsam, traurig. Sie sieht aus, als würde sie ersticken – es verwirrt mich, aber ich gehe nicht näher darauf ein. Ich hebe meine Arme in die Luft und sage, beinahe singend, »Till hat mich für eine illegale Einwanderin verlassen!«

Ama streichelt mein Knie, als ich wieder zu weinen anfange. »Sie ist nicht illegal, Sister …«, sagt Ama sanft, »… Menschen können nicht illegal sein …«

»Ich gebe einen Scheißdreck auf die neuste politisch korrekte …«

»Es tut mir leid …«

»… sie ist illegal für mich!«

»… es ist schon okay, es tut mir leid …«

»… ich hoffe, die beiden verrecken in der Hölle!«, schreie ich.

Die schwangere Frau dreht sich um, um uns anzugucken. Ama legt ihre Arme um meine Schultern und hält mich fest. Ich verdecke mein Gesicht mit meinen Händen, aber lasse mich immer noch nicht ganz fallen. Ich kann nicht. Wenn ich es tue, werde ich mich vielleicht nie wieder fangen können.

* * *

Die dritte Gewissheit in meinem Leben ist, dass Abgabefristen soziale Phänomene sind – sie kommen selten allein. Wieder einmal arbeitete Till wie verrückt, um eine entscheidende Präsentation bei der Arbeit fertigzustellen, und er würde noch für mehrere Stunden nicht zu Hause sein. Ich war kurz davor, eine Seminararbeit über den Symbolismus in *Der Besuch der alten Dame* abzuschließen, als ich seinen Anruf bekam. Till und ich rangen für mehrere Minuten miteinander. Es tat ihm schrecklich leid, aber er hatte keine Wahl. Ich war verletzt und wütend, aber ich konzentrierte mich sehr darauf, konstruktiv zu sein.

»Wann wirst du fertig sein?«

»Ich weiß es wirklich nicht. Kathrin muss es abzeichnen. Es kommt wirklich drauf an …«

»Du weißt, dass Beth auf dich wartet?«

»Scheiße.«

Ich konnte hören, wie Tills Atem sich veränderte. Er hatte ihren ohnehin schon verschobenen Termin schon wieder vergessen.

»Ist sie da? Kann ich mit ihr sprechen?«

Ich sah Beth an – sie schüttelte traurig ihren Kopf und seufzte. Sie hatte genug durch den Hörer und durch meine Körpersprache gehört.

»Sie ist im Bad«, log ich. »Sprich einfach mit ihr, wenn du

nach Hause kommst.« Ich wollte hinzufügen: »falls du nach Hause kommst«, aber beschloss, dass das zu weit gehen würde.

»Sag ihr, dass es mir leid tut. Wirklich …«, sagte Till leise.

»Ja«, erwiderte ich. »Sie weiß das bereits.« Ich wollte hinzufügen: »Sie will nicht deine Entschuldigungen, sie will, dass du zu deinem Wort stehst«, aber ich dachte, dass das auch nicht viel bringen würde.

Till und ich versuchten, das Telefonat zivilisiert zu beenden, aber die feindseligen Untertöne waren da. Ich brauchte mehrere tiefe Atemzüge, um mich zu beruhigen. Beth stand leise auf und ging in ihr Zimmer. Irgendwann zog ich mich in meines zurück und legte mich an meinem Lieblingsplatz auf den Boden neben dem Fenster.

Es fühlte sich an, als ob nur Sekunden vergangen wären, aber es muss gute dreißig Minuten später gewesen sein, als ich Beths Stimme hörte …

granatsplitter (419): »... ich
   habe dich nie wirklich geliebt ...«

eins

Auntie lebt nicht mehr.

Als ich ein Kind war, hatte sie die äußerst lästige Angewohnheit, Teile alter Seife zusammenzupressen, um sie für allgemeine Wasch- und Hygienezwecke zu benutzen. Die fragmentierten Überreste von einst einzelnen Seifen von *Imperial Leather, Dove* und *Lux* (oder eigentlich die billigeren Supermarkt-Eigenmarkenversionen dieser) wurden grob zusammengedrückt und wurden in diesem Prozess wiedergeborene Seifenstücke – vielleicht nicht optisch, aber funktionell. Wären sie im Hause eines reichen Menschen gewesen, hätten diese bunten und vielfältig duftenden Klumpen als Kunstwerke durchgehen können. Ich, ich wollte nur jede Gelegenheit, die sich mir bot, nutzen, um sie loszuwerden. Manchmal, wenn ich eine weiße Freundin zu Besuch hatte, ging ich so weit, sie in den Mülleimer zu werfen –

»Womit kann ich meine Hände waschen?«

»Oh … wie ärgerlich … uns ist gerade die Seife ausgegangen …«

Sie waren einigermaßen zufrieden damit, Geschirrspülmittel zu benutzen, und ich war einigermaßen zufrieden damit, am nächsten Tag den Preis in der Schule zu bezahlen, indem ich mir die neueste Ausgabe von »komische-Dinge-die-Afrikaner-machen« anhörte.

Meine weißen Freunde hatten immer diese *schönen* Seifenspender in ihren Badezimmern. Pfirsich Melba mit passenden Handtüchern und Potpourri. Genau wie in den Versandkatalogen. Wir haben übrigens mal das mit dem Potpourri ausprobiert. Es war an einem der Besuchstage meiner Eltern. Sie verstanden das Experiment falsch und lachten Auntie dafür aus, »Müll« auf dem Wohnzimmertisch in der teuersten Glasschale des Hauses liegen gelassen zu haben. Später, am selben Tag, meckerte Auntie – sowohl über mich, weil ich es weggesaugt hatte, als auch über meine Eltern, weil sie so »working class« sind. Seifenstückchen zusammenzupressen ist offensichtlich nicht »working class«. Es ist wirtschaftlich. Das ist etwas ganz und gar anderes.

Selbst nach all den Jahren war Auntie immer noch nicht richtig in London angekommen. Und wir schienen immer unsere Hintertür offen zu haben – bildlich gesprochen jedenfalls. Ich wuchs damit auf, zu glauben, es sei vollkommen normal, dass in Erwachsenenschlafzimmern mehrere große Koffer und eine Truhe standen, gefüllt mit Gegenständen, angefangen mit großen Sparpackungen Zahnbürsten, über mehrere Sammlungen von »Drei-kaufen-zwei-bezahlen«-Packungen von Cornflakes, bis zu einer Vielzahl von Plastiksandalen (verschiedene Farben) mit dazu passenden Plastikkorbtaschen (sie hatten offenbar großartig im Schaufenster ausgesehen). Wir bereiteten uns stets darauf vor, nach Hause zurückzukehren. Auntie tut es immer noch.

Das letzte Mal, dass Auntie lebte, war sie ein optimistisches und ehrgeiziges Kind auf einem Bauernhof in einem Randbezirk von Accra, kurz davor, in ein Flugzeug zu steigen, auf dem Weg zu dem paradiesischsten Ort diesseits des Lichts. Sie hatte gerade geheiratet, aber hatte noch nicht realisiert, was das wirklich praktisch bedeutete, da ihr Ehemann noch am selben Tag der Hochzeitszeremonie abgereist war, scheinbar, um Sachen in London für sie vorzubereiten. London, die Hauptstadt von England und der Ort, an dem sie lernte, nicht damit aufzuhören, Seifenstückchen zusammenzupressen.

Auntie muss wunderschön gewesen sein, denn ihr Ehemann wird die Wahl zwischen Mädchen aus einem Umkreis von Meilen gehabt haben – und ich nehme an, er war ein oberflächlicher Mann. Ich habe ein oder zwei Fotos von Auntie aus dieser Zeit gesehen. Etwas, was an wunderschön erinnert, verbirgt sich immer noch in ihrem Lächeln – *wenn* sie lächelt. An diesem Morgen sah ich ihr dabei zu, wie sie leise dasaß, ihre Bibel las und traurig vor sich hin summte. Es gibt, so scheint es, nichts mehr, worüber sie glücklich sein könnte. Es geht jetzt nur noch darum, zu warten.

Zwei Tage bevor die Zeit stehenblieb, hatte ich Auntie gebeten, nach Berlin zu kommen, weil ich wusste, dass Till mich verlassen würde. Wir versuchten alle, es zu ignorieren. Ich zwang mich dazu, besonders nett zu ihm zu sein. Die Kinder stritten sich nicht in seiner Gegenwart. Wir sahen uns alle zusammen eine lustige DVD an, am Abend bevor Auntie eintraf, und Ash lachte etwa eine Sekunde zu lang bei jedem Witz und vergewisserte sich jedes Mal bei Till, während er dies tat. Beth blieb an dem Abend zu Hause – sie und Till spielten Schach (er ließ sie gewinnen, und sie tat so, als ob sie es nicht bemerkte), während Ash und ich uns gegenseitig etwas vorlasen. Später liebten Till und ich uns auf eine verzweifelte Art und Weise und schliefen Hand in Hand, aber an entgegengesetzten Enden des Bettes ein.

Till holte Auntie am nächsten Tag vom Flughafen ab und hatte ihr scheinbar die Umarmung eines wandelnden Toten gegeben. Daher wusste auch sie, dass es vorbei war. Wir sprachen nicht darüber beim Abendessen. Und wir sprachen nicht darüber am nächsten Morgen beim Frühstück. Dann, nachdem Till zur Arbeit losgegangen war, wobei er auf dem Weg Beth und Ash zur Schule brachte, fing Auntie an zu weinen. Und das half mir überhaupt nicht.

»Soll ich jetzt Mitleid mit dir haben oder was?«

Diese Frage schwebte irgendwo zwischen meinem Gehirn und meiner Zunge, aber sie verließ nicht meinen Mund, obwohl mir übel davon wurde und es mich eine gewaltige Menge Selbstdisziplin kostete, sie nicht in ihre Richtung zu spucken. Aber ich fragte sie auch nicht, was los war. Ich vermied es in der Tat gänzlich, sie anzusehen. Sie saß allein und schluchzend dort. Ich verließ den Raum, in dem sie litt, und brachte meinen eigenen Schmerz irgendwo hin, wo es mehr Platz dafür gab.

Es war viel später am Nachmittag, als unsere geröteten Augen sich kurz beim Mittagessen trafen. Wir waren nie ehrlich miteinander gewesen, es ergab keinen Sinn, eine scheinbar erfolgreiche Strategie jetzt zu ändern. Wir redeten über die Lebensmitteleinkäufe, die noch gemacht werden mussten, meine bevorstehende Abgabefrist für meine Doktorarbeit und ihr zurückgezogenes Angebot, die Zwillinge an der Schule zu treffen und sie zu einer heißen Schokolade einzuladen. Es war nicht wirklich praktikabel, weil sie den Weg dorthin nicht kannte und sich nicht traute, jemanden nach dem Weg zu fragen, obwohl ich mehrere Male zugesichert hatte, dass die meisten Leute gut mit ihrem Englisch klarkommen würden (ja, selbst mit ihrem ghanaischen Akzent) und in der Lage sein würden, ihr zu helfen, und nicht versuchen würden, sie auszutricksen oder in die falsche Richtung zu schicken, absichtlich oder nicht. Ich hätte angeboten, ihr den Weg zur Schule zu zeigen, aber ich habe das schon mehrere Male getan. Also nickte ich nur und stimmte ihr zu, dass es keinen Sinn machen würde, wenn sie ging. Ihr war – ja das ist wahr – die deutsche Art immer noch fremd. Anschließend saßen wir wieder in Schweigen gehüllt.

Ich habe Angst, so wie Auntie zu werden.

* * *

Till spricht mit mir auf Deutsch, was ohnehin unsere Sprache für »ernste« Gespräche ist.

»*Es macht keinen Spaß mehr*«, sagt er.

Ich denke darüber nach, was er sagt – was er sagen wird –, und überlege, ob es auf Englisch freundlicher, behutsamer wäre: *It's no fun anymore …*

»Spaß?«, schnaube ich. Es bricht irgendwie aus mir heraus. Ich halte inne und sehe mir den Balkon gegenüber an, den mit den hübschen Blumen. Offensichtlich haben die keine Kinder.

»Da gab es so etwas, genannt Trauungszeremonie …«, fahre ich verächtlich fort. »Ich erinnere mich, dass du da warst … und so was wie ›in guten wie in schlechten Zeiten‹ gesagt hast …«

Ich antworte normalerweise nicht auf Englisch, wenn ich wütend bin, aber dies wird unter »außergewöhnliche Anlässe – Ausnahmen, welche die Regel brechen« abgeheftet. Meine Stimme ist eisig gefasst. Er schüttelt jetzt seinen Kopf und sieht vollkommen verzweifelt aus. Verwelkend. Verlierend. Verloren. Mein Herz zieht sich zusammen. Ich beiße mir auf die Lippen. Sie bluten ein wenig. Die Uhr tickt.

Till schaut mir in die Augen, länger als in den gesamten letzten sechs Monaten zusammen, was nicht viel aussagt.

»*Es macht* mir *keinen Spaß mehr.*«

Die nachdrückliche Betonung des Wortes »mir« macht den entscheidenden Unterschied. Till hat endlich eine klare Grenze gezogen. Wir bleiben nebeneinander stehen und blicken auf das Straßengeschehen unter uns. Alles wie gehabt. Und dennoch wurde soeben die Welt auf den Kopf gestellt. Ich brauche eine Weile, um zu realisieren, dass diese zwei Tatsachen sich nicht gegenseitig ausschließen. Genau genommen werde ich in ein paar Wochen immer noch daran zu knabbern haben.

Ich halte mich am Balkon fest, mein Griff wird deutlich fester. Till schickt sich an, meine Hand zu berühren – das ist nicht gänzlich unangebracht … aber ich will es nicht. Ich ziehe meine Hand abrupt zurück, und um das zu überspielen, kratze ich stattdessen meinen Arm. Er sieht verletzt aus, aber um ehrlich zu sein, ist mir das egal. Damit meine ich: Ich will, dass es mir egal ist.

Und dann fängt er an zu reden. Unentwegt. Ich würde sogar sagen unkontrollierbar. Worte strömen aus seinem Mund heraus, so viele, dass sie nicht von seiner Brust gehalten werden können. Sie fallen auf den Boden des Balkons und schlüpfen durch die Lücken im Geländer auf den Gehweg. Sie springen sanft hoch, bevor sie in die Gosse fallen. Es ist komisch, wie ich den Aufprall der Worte auf den Betonplatten unten tatsächlich hören kann, aber absolut keine Ahnung habe, was Till mir zu sagen versucht. Und das Rauschen in meinen Ohren wird lauter. Ich sehe ihn an, und ich sehe, wie sich seine Lippen bewegen, sehe die Tränen durch seinen Bart fallen, sehe den Rotz, der sich auf seiner Oberlippe sammelt, ich sehe ihn zittern. Aber ich kann, verdammt noch mal, nicht hören, was er sagt.

»Was Till? Was?«

Hört er mich? Verlassen diese Worte wirklich meinen Mund? Was weiß ich? Ich wünsche mir sehnlichst, dass dies nicht passieren würde, aber gleichzeitig bin ich vollkommen ruhig. Vollkommen ruhig, und ich weiß, dass dies meine einzige Chance ist. Ich hoffe, dass dies alles, wenn ich nur still genug bleibe, einfach weggehen wird. Aber ich merke, je stiller ich bin, desto panischer wird Till, was irgendwie ärgerlich ist, schließlich ist *er* das Arschloch, das *mich* verlässt. Er fängt gerade an, mir schrecklich leid zu tun, als ich ihren Namen höre.

»Hast du gerade das gesagt, was ich denke?«

Till hört auf zu sprechen und atmet tief ein. Okay, also diese Worte sage ich immerhin tatsächlich laut. Oder vielleicht ist Till nur langsamer geworden, weil er müde ist. Er beginnt seinen Satz von vorne:

»Desta und ich …«

Das ist schon mehr, als ich wissen wollte, und er weiß es. Seit wann schließen die Worte »Till und …« meinen Namen nicht mehr mit ein? Till stockt und hält inne – der Satz bleibt halb leer.

Er fragt mich, was ich gerade denke. Ich lächle nur …

Danksagung für die Übersetzung ins Deutsche

Eines Tages Ende 2010 habe ich mir vorgenommen, einen kleinen Roman zu schreiben. Ich wusste, hätte ich dieses Ziel für mich behalten, wäre die Gefahr groß gewesen, dass nichts daraus geworden wäre. Darum habe ich es einigen Mitgliedern meiner Wahlfamilie gesagt – unter anderem Mirjam. Sie war sofort begeistert von der Idee, also habe ich geschrieben. Ein Jahr lang. Zwischendurch hat Mirjam immer Auszüge gelesen und mir ihr Feedback dazu gegeben. Sie hat mich ermutigt, weiterzumachen. Sie hat auf meine Kinder aufgepasst. Sie hat für mich gekocht. Schließlich hat sie Ausschnitte des Buches ins Deutsche übersetzt, damit ich Lesungen mittels einer klugen Powerpointpräsentation auch im deutschsprachigen Raum veranstalten könnte. Ich habe 2012 zwei wunderbare Wesen zur Welt gebracht: die Novelle »the things i am thinking while smiling politely« und Elijah, den jüngsten von meinen vier tollen Söhnen, auf die ich wahnsinnig stolz bin.

Es war und bleibt eine Ehre, dass Mirjam zugestimmt hat, Elijahs Patenmutter zu werden.

Es war und bleibt eine Ehre, dass Mirjam das Buch übersetzt hat. Für beide dieser Aufgaben war und bleibt sie die einzig richtige Person.

Mirjam – ich bin zutiefst dankbar, dass es dich gibt. Von deiner Zeit, deiner Kraft, deinem Spirit, deiner Liebe profitiere ich jeden Tag.

Obwohl Mirjam so eine zentrale Figur in der Entstehung dieser Novelle ist, wäre diese Danksagung ohne Carina unvollständig. Nachdem Mirjam zwölf Monate lang an der Übersetzung gearbeitet hatte und sie fertiggestellt hat, haben Mirjam, Carina und ich uns weitere drei intensive Monate mit dem Korrekturlesen der Novelle beschäftigt. Wir haben uns außerdem sowohl mit großen philosophischen Konzepten als auch mit einzelnen Begriffen auseinandergesetzt (Warum gibt es kein deutsches Wort für »bonding«? Was machen die Leute hier mit ihren Hunden?). Carina blieb stets am Ball, mit ihren Ideen, Inspirationen, mit ihrer Geduld.

Carina, vielen lieben Dank für deine wunderbare, sorgfältige Arbeit.

Sharon Dodua Otoo, Mai 2013

Danksagung für die englische Originalversion

Es heißt, die nigerianische Autorin Buchi Emecheta habe einmal gesagt: Du brauchst keinen Babysitter, um ein Buch zu schreiben – du brauchst *Babys*, um ein Buch zu schreiben.

Gott sei Dank! Glücklicherweise bin ich reich an Babys :-)

Zuerst und vor allem möchte ich darum dir, Dion, dir, Tyrell und dir, Lewis danken, für euren Humor, eure Energie, eure Lebensfreude, eure Ideen, eure Diskussionen, eure Einstellung, eure Hartnäckigkeit – es ist mir eine Freude und eine Ehre, mein Leben mit euch allen zu teilen.

Meine Lektorin und gute Freundin Amy Lynn Riley war wirklich wundervoll während der gesamten Arbeit an diesem Buch – zuverlässig, fleißig, inspirierend und immer ermutigend. Mir ist gar nicht aufgefallen, wie eingedeutscht mein Englisch geworden war, bis ich ihre ersten Korrekturen erhalten habe … Ich danke dir, Amy, dafür, dass du an mich, auch als Schriftstellerin, geglaubt hast.

Diese Novelle gibt es, weil du »Ja!« gesagt hast.

Meine Berliner Lesegruppe bestand aus Daniele Daude, Mirjam Nuenning, Dirk Ludwig, Joerg Hammer und Ralf Steinberger. Ich bin zutiefst dankbar für jede_n einzelne_n von euch. Ich habe unsere Diskussionen, unser Lachen, unser gemeinsames Philosophieren sehr genossen und fand eure Ideen und Kommentare extrem hilfreich. Ihr werdet euren Einfluss auf diesen Seiten wiederfinden. Danke.

Die Mitglieder meines virtuellen Lesenetzwerkes – Allyson Otoo, Ianessa Norris, Neil Ansell und Kitty Ahmed – sind alle zu unterschiedlichen Zeiten in das Projekt eingestiegen.

Euer Feedback war aufschlussreich, von unschätzbarem Wert und, in einigen Fällen, wirklich bewegend. Danke für eure Zeit, eure Geduld und euer Vertrauen. Ich hoffe, das, was letztendlich dabei herausgekommen ist, gefällt euch …

Mein Cousin Stephen Lawson in Ghana gab mir eine kostenlose Beratung zu ghanaischen Namensgebungsbräuchen bei Zwillingen. Stephen, *Oyiwala doŋ*! Ich hoffe, mein Buch zu lesen, wird dir Freude machen.

Durch die gemeinsame Anstrengung so vieler wunderbarer (Test- / Korrektur-)Leser_innen und Berater_innen wurden viele der Grammatik- und Logikfehler, die ich ursprünglich gemacht hatte, ausgebügelt. Trotzdem bin ich mir sicher, dass ich es geschafft habe, hier und da noch ein paar hineinzumogeln. Für diese Fehler übernehme ich allein die volle Verantwortung.

Obwohl ihr nicht direkt an der Entstehung dieses Buches beteiligt wart, wäre es nachlässig von mir, Nzitu, Asad (*nakupenda*), Pasquale, Gonza, Bona und Mirjam (meine chopsis <3) hier nicht zu erwähnen – Danke für all die Liebe, die Inspiration, das Lachen, die Poesie, die Träume, die Musik, das Essen … Liebe geht wirklich durch den Magen!

Markus Weiss hat mit dem Cover phantastische Arbeit geleistet, und das extrem kurzfristig, einfach als Akt der Solidarität. Markus, ich weiß es wirklich sehr zu schätzen – herzlichen Dank!

Willi Bischof von der edition assemblage hat mich, seit wir uns kennen, immer felsenfest unterstützt. Willi, du hast all meine verrückten Ideen toleriert, dich für mich bei mehreren Gelegenheiten weit aus dem Fenster gelehnt und bist wegen mir große Risiken eingegangen: Danke! Ich werde dich nicht enttäuschen! In zwei Jahren schauen wir zurück und lachen gemütlich …

Dirk – von dir habe ich das größte Geschenk bekommen, an dich geht der größte Dank …

Du hast mich stets mit allem versorgt: Platz, Raum, Zeit, Unterstützung, positivem Zuspruch, kritischem Feedback und Liebe (ganz abgesehen von *Talern*!) – ohne dich würde es dieses Buch einfach nicht geben. Ich bin eine Frau, die sich *sehr* glücklich schätzen kann.

Dieses Buch ist meiner Mum gewidmet: Je mehr ich nachdenke, desto besser verstehe ich. Danke für alles, was du getan hast und immer noch tust. Lass bitte die Okra-Suppe weiter fließen … :-)

Glossar

bee-atch: Eine andere Art »bitch« zu sagen, was in diesem Kontext humorvoll gemeint ist.

Call for Papers: Eine in wissenschaftlichen Kreisen gängige Aufforderung, Beiträge zur Veröffentlichung einzureichen.

Cornrows: Eine Haarflechttechnik, bei welcher die Haare in Reihen sehr eng an der Kopfhaut geflochten werden.

Cracker: (Amerikanisches Englisch) Abwertende Bezeichnung für *weiße* Menschen.

Customer Service: Kund_innenservice.

disappariert: (Britisches Englisch) Verschwinden (auf magische Weise), ein Wort, welches von der »Harry Potter«-Autorin J. K. Rowling (*1965) erfunden wurde.

Ewe: Der Name einer westafrikanischen (hauptsächlich im östlichen Ghana, Benin & Togo) Gesellschaft und der Sprache, die sie sprechen.

Fufu: Ein stärkereiches westafrikanisches Gericht aus gestampftem Wurzelknollen (Maniok, Jamsknollen) oder Kochbanane, welches üblicherweise mit Suppe serviert wird.

Ga: Der Name einer ghanaischen Gesellschaft und der Sprache, die sie sprechen.

Kenkey: Westafrikanisches Gericht aus fermentiertem Mais, in Form eines säuerlichen Kloßes, welches üblicherweise mit Suppe, Eintopf oder Soße serviert wird.

Lahmacun: (Türkisch) In Deutschland auch als Türkische Pizza bekannt; ein Fladenbrot, welches mit Hackfleisch und Gewürzen bestrichen wird.

»Last night a DJ saved my life«: Ein Lied aus dem Jahr 1982, welches von Michael Cleveland für die US-amerikanische R&B / New Wave / Dance Gruppe Indeep geschrieben wurde.

»Let's Dred« Bienenwachs: Haarpflegeprodukt aus Bienenwachs speziell zur Pflege von Dreadlocks.

Libation: Traditionelles Dankesgebet für die Ahnen und rituelles Vergießen von Spirituosen (Gin oder Schnaps).

Okro: Ein Gemüse, welches auch als Okra, Bhindi oder Ladyfingers bekannt ist.

»One small step for man«: »That's one small step for (a) man, one giant leap for mankind.« Zitat des US-amerikanischen Astronauten Neil Armstrong (1930–2012) nach seiner Landung als erster Mensch auf dem Mond.

Outdooring-Zeremonie: Ghanaische Namensgebungszeremonie, welche traditionell am frühen Morgen des achten Tages nach der Geburt des Babys stattfindet.

Patience: Der Vorname von Auntie. Bedeutet übersetzt ins Deutsche: Geduld.

Peters: Karl Peters (1856–1918). Deutscher Kolonialverbrecher, welcher wesentlich an der Gründung der Kolonie »Deutsch-Ostafrika« (im heutigen Tansania) beteiligt war.

Proposal: (Wissenschaftlicher / s) Entwurf, Exposee.

»rewind ma selector and come again«: Eine typische Phrase in Ragga-Songs, hier etwa »und das Beste noch mal«.

sans poulet: (Französisch) Ohne Huhn.

Schwarz: Keine Bezeichnung für eine Hautfarbe oder biologische Kategorie, sondern ein(e) sozial konstruierte(s) Lebenserfahrung, Kulturerbe und Identität. Das großgeschriebene »S« drückt politischen Widerstand gegen Rassismus aus, welcher von Menschen erlebt wird, die als »nicht-*weiß*« bezeichnet werden und in einer weißen Mehrheitsgesellschaft leben. Das Wort »*weiß*« ist auch ein soziales Konstrukt, beinhaltet jedoch nicht den Aspekt des »Widerstands« und wird daher nicht großgeschrieben (siehe auch Eggers, Maureen Maisha et al. [Hrsg.] *Mythen, Masken und Subjekte*, Münster, UNRAST Verlag 2015).

Shito: (Ga) Sehr scharfe ghanaische Pfeffersoße, welche üblicherweise als Beilage zu diversen westafrikanischen Gerichten serviert wird.

Whitey: Eine eher abfällig gemeinte Bezeichnung für *weiße* Menschen.

Working class: (Englisch) Arbeiter_innenschicht, Arbeiter_innenklasse.

Zitat aus »Mutter Courage«: Dieses Zitat aus »Mother Courage« ist eine Rückübersetzung der englischen Übersetzung von Brechts Werk Mutter Courage von Eric Bentley aus dem Jahr 1965. Der englische Text lautet: »War is like love – it always finds a way«. Dieses Zitat ist im englischsprachigen Kontext sehr bekannt. In der deutschen Originalversion jedoch ist von einem direkten Vergleich zwischen Krieg und Liebe gar nicht die Rede (sondern vielmehr im erweiterten Sinne).

Synchronicity

Mit Illustrationen von Sita Ngoumou

Für Amira Yasmine Sharon
Rest in peace.

»and when we speak we are afraid
our words will not be heard
nor welcomed
but when we are silent
we are still afraid
So it is better to speak
remembering
we were never meant to survive«

Audre Lorde, *A Litany for Survival*

Tag 1

Die erste Farbe, die ich verlor, war mein Gelb.

Ich bemerkte es jedoch nicht sofort.

Es war ein Dienstag: Sams Tag. Es nieselte leicht, und da ich keine Regenschirme mag (ich finde sie asozial – das ganze Stoßen und Schubsen …), lief ich mit gesenktem Kopf durch die Straßen, wobei ich mich für Richtungshinweise auf die Füße meiner Mitfußgänger_innen konzentrierte. Beinah funktionierte es auch. Ich stieß eigentlich nur mit einer Person zusammen – einem Polizisten. Und der zählt gar nicht erst, weil er selber nicht guckte, wo er hinlief.

Würden die Leute hier bloß lächeln, wenn es regnet! Denn eigentlich sind sie nicht wirklich hässlich; doch das Licht in ihren Augen wird ständig von ihren heruntergezogenen Mundwinkeln getrübt. Es steht ihnen einfach nicht. Andererseits, was kann man realistisch gesehen von Berliner_innen erwarten? Selbst wenn die Sonne scheint, lächeln sie viel zu selten.

Wie dem auch sei, als ich endlich nach oben blickte, weil ich mein Ziel erreicht hatte, ertappte ich mich wieder mal dabei, gegen eine Tür zu »drücken«, obwohl sie wie schon immer ganz klar ein Schild hatte, welches mich informierte, zu »ziehen«. Mir fiel auf, dass die Postfiliale irgendwie anders aussah, doch ich konnte nicht genau sagen wie. Ich kniff meine Augen zusammen, wobei ich das Gebäude mehrere Sekunden lang betrachtete und die ganze Zeit über an meiner Unterlippe nagte, bevor ich schließlich hineinging.

Tag 2

Die nächste Farbe, die mich verließ, war Hellblau.

Wie ich es an jedem Morgen bis zu diesem getan hatte, schaute ich aus dem Fenster, um zu sehen, wie der Himmel aussah. Es ist ja nicht gerade so, als hätte ich Unmengen an Klamotten, aber wenn ich meine Morgenroutine durchlaufe, dann hilft es mir, so zu tun, als spiele das Wetter eine bedeutende Rolle in meiner Entscheidung, was ich an dem jeweiligen Tag anziehe. In Wirklichkeit läuft es jeden Tag aufs Gleiche hinaus: großer, weißer Wollpulli: ja oder nein? Als ich an diesem besagten Morgen nachschaute, sah der Himmel trübselig aus. Grau wie ein ersoffener Pudel. Okay, ich weiß nicht wirklich, wie ein ersoffener Pudel aussieht, aber ich gehe jede Wette ein, dass er so grau ist, wie eine Farbe nur werden kann. Ich zog zusätzlich meine Skijacke an, nur um auf Nummer Sicher zu gehen. Und damit du eine Vorstellung davon bekommst, wie kalt Berliner Winter werden können, sollte ich hier anmerken, dass ich in meinem ganzen Leben noch nie einen Fuß auf eine Skipiste gesetzt habe.

Doch kaum hatte ich meine Wohnung verlassen, fing ich schon an zu schwitzen. Und ich meine damit nicht etwa, dass feine, feminine Schweißperlen meine Stirn schmückten oder so ähnlich. Ich brauchte nicht etwa ein hübsches kleines

Taschentuch, um mir leicht die Nase abzutupfen – nein, ich brauchte ein ganzes Badehandtuch, um es mir um den Kopf zu wickeln. Sogar meine Dreadlocks trieften! Da ich spät dran war, machte ich den Fehler, nicht sofort zurück nach Hause zu gehen, um mich umzuziehen.

Den ganzen Weg bis zur Arbeit schielten mich *weiße* Leute von der Seite her an. Ich glaube, im Bus murmelte einer von ihnen etwas Hochwissenschaftliches wie: »… die Afrikaner müssen sich hier in Europa so anziehen, weil sie die Wüstenhitze ihrer Heimat vermissen …«

An diesem Abend hielt ich auf dem Weg nach Hause ein vorbeifahrendes Taxi an. Als ich einstieg, verwirrte ich die Fahrerin mit der Frage, warum ihr Licht nicht an sei, um zu zeigen, dass sie verfügbar war. Alles in allem war es ein harter Tag gewesen. Aber es machte immer noch nicht »klick« – ich dachte lediglich, das Wetter habe mir einen seltsamen Streich gespielt.

Tag 3

Als mein Rot mich verließ, bemerkte ich es sofort.

Ich war dabei, die Straße zu überqueren, weil das rote Ampelmännchen verschwunden war, und natürlich dachte ich nicht daran, nachzusehen, ob das grüne schon da war. Ein großer *weißer* Typ stand neben mir. Ich kam nicht dazu, ihn zu fragen, wo er herkam, aber er sah irgendwie europäisch aus. Während ich über seine Herkunft nachdachte, trat ich hinaus auf die Straße. Kurz bevor mein anderer Fuß den Gehweg verließ, schnappte er sich plötzlich meinen Arm und zog mich fest zurück. Er sah wütend und fürchterlich erschrocken aus, als der Lastwagen an mir vorbeidonnerte und meinen Fuß um Millimeter verfehlte. Aber es war wirklich – WIRKLICH – nicht meine Schuld.

»Die Ampeln sind ja wohl eindeutig kaputt!«, sagte ich vehement und deutete auf die andere Straßenseite als Antwort auf seinen zornigen, obgleich stummen Vorwurf der Fahrlässigkeit.

Doch das waren sie nicht.

Er schüttelte den Kopf und marschierte davon, als das grüne Licht aufleuchtete. Ich schaute mich um und sah, dass alle Autos – ohne Ausnahme – an einer grauen Ampel warteten. Die Rücklichter aller sich vorwärts bewegenden Fahrzeuge waren grau. Und die Bremslichter waren grau. Das *Sparkas-sen*-»S«, das *Vodafone*-Logo, selbst der bis dahin rote Glanz meiner Fingernägel … alles ein ödes, düsteres Grau. In den Schaufenstern sahen die Weihnachtsmannfiguren aus wie Männer, die gerade aus dem Gefängnis entflohen waren.

In diesem Moment überkam mich das Gefühl, dass ich drauf und dran war, in große Schwierigkeiten zu geraten. Als freiberufliche Grafikdesignerin konnte ich es mir nicht leisten, so kurz vor Weihnachten meine Farben zu verlieren.

Tag 4

Als mein Grün verschwand, war ich nicht überrascht.

Ich war in der Nacht zuvor bei dem Versuch eingeschlafen, zu erraten, welche Farbe wohl als Nächstes dran war. Am Ende war es ein Unentschieden zwischen grün für Weihnachtsbäume, für Rosenblätter und für Mineralwasserflaschen oder braun wie das Bündel Zweige, zusammengebunden mit einer goldenen Schleife, oder wie die Holzscheite im Kamin, oder wie die geschmolzene dunkle Schokolade auf Bananenpfannkuchen in meinem Lieblingscafé. Der Gedanke, mein Braun zu verlieren, hatte mich äußerst nervös gemacht. Ich fragte mich: »Wie würde ich dann bloß aussehen?« Somit war ich tatsächlich beinahe dankbar, als ich aufwachte und bemerkte, dass ich nur mein Grün verloren hatte.

Aber ich wusste auch, dass ich es nicht mehr länger vor meinen Kund_innen verbergen konnte. Ich hatte darüber nachgedacht, sparsam mit der Wahrheit umzugehen. Darüber, ihnen zu erzählen, ich sei ernsthaft überzeugt, dass Schwarzweißbilder viel eindrucksvollere Werbeplakate hergeben würden und dass es natürlich bewiesen sei, dass sie den Umsatz steigerten – aber das wäre niemals eine erfolgversprechende Strategie geworden. Alle wissen doch, dass Kinderspielzeuge immer in Farbe beworben werden. Kochbücher brauchen Farben. Strickmuster brauchen Farben. Ich brauche Farben. Und außerdem bin ich sowieso eine sehr schlechte Lügnerin.

Also hatte ich vor, offen mit ihnen über meine Farbkrise zu reden und mir erst dann Gedanken darüber zu machen, wie ich die nächste Hürde nehmen würde, nachdem ich in ihren Schuhen gegangen war – oder wie auch immer dieses Sprichwort heißt. Ich rief zuerst Herrn Welker an. Er war ein schmieriger *weißer* Hotelmanager und Bauunternehmer, der gerade den Wohnblock, in dem ich wohnte, gekauft hatte. Ich hatte vor, ihm zu erklären, dass wir dringend eine Besprechung bräuchten. Sein Telefon klingelte nur einmal – was ziemlich ungewöhnlich für ihn war.

»Guten Tag Herr Welker …«, begann ich zaghaft. »Ach hallo Boney«, antwortete er, »gut, dass Sie anrufen. Ich habe gerade an Sie gedacht. Ich habe einen großen Auftrag, für den ich Ihre Hilfe brauche. Riesig. Hinsetzen und mitschreiben. Ich werde Ihnen das hier nur einmal sagen …«

Tag 5

Lila verließ mich am Samstag, und ich weinte, weil es meine Lieblingsfarbe ist.

Ich beschloss, mein Bett nicht zu verlassen und stattdessen einen Trauertag einzulegen und mich mit den wenigen Farben, die ich noch übrig hatte, zu umgeben sowie mit einer großen Portion dunkler Schokolade, weil sie genauso bitter schmeckte, wie ich mich fühlte. In der Tat war Schokolade auch mein Maßstab für braun. Seit Donnerstagabend hatte ich beschlossen, meine weißen Seidenhandschuhe routinemäßig vor dem Einschlafen anzuziehen. Sollte die Schokolade grau werden, würde ich sie nicht mehr ausziehen. Natürlich war meine Nase noch eine weitere heikle Angelegenheit, da ich sie sehen kann, wenn ich mich genug anstrenge. Ich wusste, ich würde eine gehörige Menge Selbstdisziplin aufbringen müssen, um nicht auf sie zu achten.

Mein Telefonat mit Herrn Welker am Tag zuvor hatte ärgerlicherweise mehr Probleme geschaffen als gelöst. Ich hatte etwas Zeit gewinnen können, indem ich ihm gesagt hatte, dass ich wegen einer »persönlichen Angelegenheit« ein paar Tage freinehmen müsse. Selbstverständlich gefiel ihm das nicht. Er war ein aufdringlicher Kontrollfreak mit einem aufbrausenden Temperament und daran gewöhnt, dass alle mit

»Wie hoch?« antworteten, wann immer er »Springt!« brüllte. Ich war die einzige Kollegin, bei der er überhaupt eine Widerrede – oder auch nur etwas, das ansatzweise danach aussah – tolerierte. Und das nur, weil ich seine einzige Schwarze Kollegin war und er, wie die meisten *weißen* Deutschen seiner Generation (oder irgendeiner Generation) lieber seine Lederhosen verbrennen würde, als Rassist genannt zu werden. Doch ihm blieb keine Wahl. Ich sagte ihm, dass ich ihn am Mittwoch anrufen würde. Bis dahin musste ich eine Lösung finden: Einerseits durchlief ich den unaufhaltbaren Prozess, meine Farben Tag für Tag zu verlieren, wie alle älteren Mitglieder meiner Familie es vor mir getan hatten. Andererseits wurde mir gerade der Auftrag des Jahrhunderts angeboten. Würde ich diesen Job annehmen, müsste ich nie wieder arbeiten. Was sollte ich bloß tun?

Tag 6

An dem Tag, als mein Dunkelblau sich von mir verabschiedete, fasste ich meinen ganzen Mut zusammen und rief meine Mum an.

Wir hatten mindestens seit Ende letzten Sommers keinen Kontakt mehr gehabt, obwohl wir uns früher mehrere Male am Tag SMS geschrieben hatten. Das war in dem ersten Jahr, nachdem ich von zu Hause weg war. Während dieser langen zwölf Monate träumte ich jede Nacht von ihr und trug meinen Schlüssel zu ihrer Wohnung an einer zierlichen Kette um den Hals. Während dieser Zeit brachte mich der Gedanke an meine Mum sehr häufig heftig zum Schlucken und trieb mir Tränen in die Augen. Die Erkenntnis, dass ich sie niemals wiedersehen würde, war … wie soll ich es beschreiben? Die Worte, die ich brauchen würde, existieren schlichtweg nicht. Doch während meiner Kindheit hatte sie mir stets erklärt, dass Menschen wie wir dazu geboren wurden, allein zu leben, allein zu lieben und allein zu sterben. Wir waren dazu bestimmt, auf niemanden angewiesen zu sein. Ich bilde mir ein, dass ich das nun erfolgreich akzeptiert habe.

Es war so lange her, dass meine Mum und ich das letzte Mal Kontakt miteinander gehabt hatten, dass ich mich nicht einmal erinnern konnte, ob wir überhaupt noch gut aufeinander zu sprechen waren – und wenn nicht, warum nicht? Wir liebten einander – kein Zweifel. Aber unsere Wortgefechte waren legendär, und meine Mum ist kein versöhnlicher Typ, also wenn ich sie bei unserem letzten Gespräch verärgert hatte – egal, wie weit entfernt sich diese Auseinandersetzung heute auch anfühlen mochte –, dann blühte mir jetzt eine gewaltige und äußerst niederschmetternde Strafpredigt. Nach etwa zwanzig Minuten des Zögerns und des Überlegens beschloss ich, unseren derzeitigen Mangel an Kontakt darauf zu schieben, dass wir beide überarbeitet waren. Es war ein überzeugender auto-hypnotischer Trick, der mich dazu brachte, endlich die Anruftaste zu betätigen. Während ich dem Freizeichen lauschte, stellte ich sie mir vor – zerstreut wie sie ist –, wild herumsuchend, um herauszufinden, wo das Klingelgeräusch herkam. Als sie endlich den Hörer abnahm, hörte sie sich um einiges älter an.

»Charlie?«, flüsterte sie fragend – als habe sie tatsächlich vergessen, wer ich war. Ich bemühte mich, nicht gekränkt zu sein.

Meine Mum ist die einzige Person, die ich kenne, die mich Charlie nennt. Amtspersonen, die es einfach nicht lassen können, nennen mich »Frau Mensah«. Aber das hasse ich. Ich bestehe darauf, dass Leute, mit denen ich arbeite oder die ich relativ oft sehe, mich »Cee« nennen, unabhängig davon, wie sie von mir genannt werden wollen. Ich finde es gut, dass alle das respektieren. Außer natürlich Herr Welker. Sein Spitzname für mich ist anscheinend von der Band »Boney M« inspiriert.

»Hallo Mummy«, sagte ich. Ja, ich nenne sie immer noch

so. Auf diese Weise blieb meine Kindheit noch so eben greifbar, gerade noch in Reichweite.

»Dunkelblau?«, antwortete sie, wieder flüsternd. Sie flüsterte immer. Wenn sie überhaupt sprach, war es ein Flüstern.

»Heute Morgen«, sagte ich.

»Meins hat mich auch an einem Sonntag verlassen.«

Ich hatte gehofft, sie würde mehr sagen, aber das war so ziemlich das Ende des Gesprächs. Sie würde mich nicht trösten, weil sie wusste, dass ich nicht mit sentimentalem Kram umgehen konnte. Und ich wollte nicht preisgeben, wie viele Farben ich bereits verloren hatte. Es hätte mehr Selbstdisziplin erfordert, als ich in diesem Moment zu haben glaubte. Ich wollte einfach nur mein Versprechen einhalten, ihr Bescheid zu geben, wenn mein Dunkelblau weg war.

»Also, tschüs«, sagte ich.

Es gab eine lange Pause.

»Du wirst am Dienstag einen Brief von mir bekommen«, waren ihre letzten Worte, bevor wir beide auflegten.

Dienstag: Sams Tag.

Tag 7

Als mein Braun schließlich verschwand, verlor ich meine Fähigkeit, auf den ersten Blick zwischen Schwarzen Menschen, weißen Menschen und People of Color zu unterscheiden – was mir potentiell eine ganze Menge neuer Probleme hätte bescheren können.

Von diesem Tag an hörte ich auch auf, in den Spiegel zu schauen. Ich hatte zu große Angst davor, das »neue« Ich zu sehen. Um mich abzulenken, summte ich beim Anziehen vor mich hin und hielt meine Augen geschlossen, wenn ich meine Handschuhe und Socken wechselte. Und ich wusste immer noch nicht, was ich wegen Herrn Welker machen sollte.

Ich rief Frau Bahir nach dem Frühstück an. Meine Aufgaben in der Produktion ihrer Fotoausstellung hatte ich so weit erledigt; ich wollte nur von ihr wissen, ob der Termin, zu dem ich die Dateien in den Druck schicken sollte, ein wenig nach hinten verschoben werden konnte. Ich wusste instinktiv, dass es katastrophal wäre, wenn Herr Welker herausfinden würde, dass ich gearbeitet hatte, obwohl ich ihm abgesagt hatte. Zufälligerweise war er auch der stolze Besitzer des Häuserblocks, in dem sie lebte. Genau genommen hatte Herr Welker in den letzten fünf Jahren eine stetig wachsende Anzahl von Bergmannkiez-Schätzen in seine Wurstfinger bekommen.

Das Telefon klingelte mehrere Male, aber wie üblich ging sie nicht ran. Das tut sie nie. »Warum hat sie überhaupt ein verdammtes Handy …«, murmele ich vor mich hin, als ich auflege und meinen Laptop aufklappe. Aber eigentlich habe ich es mir selbst zuzuschreiben. Sie hat mir mehrere Male gesagt, jedes Mal geduldiger als das Mal zuvor, dass sie nur dann Anrufe entgegennehme, wenn sie ausnahmsweise mal nicht mitten in etwas Kreativem, mitten in einem schmerzhaften Anfall ihrer Sichelzellanämie oder mitten im Tiefschlaf stecke. Ich erinnerte mich wieder und fühlte mich ein wenig schuldig, dass ich nach all dieser Zeit immer noch als Erstes zum Telefon greife. Ich schrieb ihr schnell eine E-Mail und bekam fast umgehend eine Antwort. Obwohl sie Verständnis für meine »persönliche Angelegenheit« hatte – anders als Herr Welker bohrte sie nicht nach weiteren Details –, stehe sie selber unter enormem Zeitdruck und könne die Abgabefrist nur dann verlängern, wenn sie in der Druckerei nach einem neuen Zeitfenster fragen würde. Und dann gäbe es natürlich keine Garantie, dass die Bilder rechtzeitig fertig werden würden. Sie entschuldigte sich vielmals in den letzten Zeilen ihrer E-Mail.

»Ich kalkuliere meine Abgabetermine normalerweise nicht so eng«, erklärte sie, »aber die Finanzierung kam dieses Mal so spät durch. Es tut mir wirklich sehr leid.«

Ich mailte ihr eine beruhigende Antwort: »Keine Sorge. Ich mach das schon. Heute Abend haben Sie die Dateien.«

Und die hatte sie dann. Aber das war – wie ich vermutet hatte – ein gewaltiger Fehler.

Tag 8

Hast du jemals eine Orange gegessen, die nicht orange war?

Wie immer Dienstagmorgens: Sams Tag war schwierig, und ich hatte etwas unternehmen wollen, um mich selbst zu verwöhnen. Ich entschied mich für ein Frühstück in einem eindrucksvoll aussehenden Restaurant gleich am Viktoriapark, verlor aber auf Anhieb meinen Appetit, als ich meinen Obstsalat und meinen frischgepressten Orangensaft bekam. Meine Tage verschmolzen zu einem Kaleidoskop undefinierbarer Grautöne. Ich hatte unterschätzt, was für eine Auswirkung das auf meine Stimmung haben würde – obwohl ich gewarnt worden war –, und es wurde zunehmend schwieriger, gegen die drückende Verzweiflung, die sich in mir breitmachte, anzukämpfen. Zum Glück hatte ich es fertiggebracht, all meine Kund_innen am Tag zuvor zu kontaktieren; deshalb musste ich nicht die Energie aufbringen, heute eine Kundenservicestimme aufzusetzen. Stattdessen bezahlte ich einfach für mein Essen, obwohl ich es nicht angerührt hatte, und machte mich ohne Kommentar davon.

Ich konzentrierte mich beim Laufen auf den Boden, obwohl es dieses Mal nicht regnete. Die einzige Farbe, dir mir anscheinend noch übrig blieb, war Rosa und momentan war der Anblick tanzender Kindergartenkinder in Barbiepuppen-

Ballettröckchen, Rosensträußen in den Armen von strahlen-
den Verliebten und rosiger Wangen von weißen Jogger_innen
einfach ein wenig zu viel.

Plötzlich tauchte ein Paar Stiefel vor mir auf und blieb einfach stehen, was mir keine andere Wahl ließ, als auch abrupt
zum Stillstand zu kommen. Wie ein Militär. Ich schaute hoch
und blickte in das Gesicht eines uniformierten Mannes und
erinnerte mich, dass ich ihm bereits irgendwo begegnet war.

»Da isse schon wieder!«, lächelte er. Er hatte eine winzige
Lücke zwischen seinen beiden oberen Schneidezähnen. Es fiel
mir sofort auf, weil ich selbst so gehemmt wegen meiner eigenen krummen Zähne bin. »Allet in Ordnung, junge Dame?«,
fragte er. Er schien sich zu amüsieren und berlinerte stark.
Ja, es war der Polizist von letzter Woche. Ich musterte sein
Gesicht gründlich, um zu sehen, ob er sich über mich lustig
machte, bevor ich antwortete.

»Ich habe etwas verloren«, murmelte ich. Ich wollte, dass er
mich einfach in Ruhe ließ, also konzentrierte ich mich wieder
auf den Gehweg und versuchte, ihm mit einem Schritt zur
Seite auszuweichen. Er machte die Bewegung einfach mit.

»Warten se mal …«, lächelte er, »vielleicht kann ick Ihnen
helfen …?«

Ich schaute ein zweites Mal zu ihm hoch, diesmal vollkommen überrascht. Ein Polizist – der mir Hilfe anbietet?

»Nein, ist schon gut«, sagte ich hastig und marschierte
dann in Höchstgeschwindigkeit davon. Nee, oder?!

Ich schaute in den Briefkasten, bevor ich nach oben in meine Wohnung ging. Er enthielt zwei Umschläge. Einen mit der

unverkennbaren Handschrift meiner Mum (manche mögen es Hieroglyphen nennen, aber ich denke, das wäre gemein), der andere – ein offiziell aussehender Brief aus dem Büro von Welker & Welker. Persönlich zugestellt. Das konnte nichts Gutes bedeuten.

Tag 9

Eigentlich war Rosa nicht die allerletzte Farbe, die ich verlor.

Aber an dem Tag, als sie verschwand, fühlte es sich so an.

Mittwochmorgen war bedrückend. Ich hatte die ganze Nacht nicht geschlafen, da ich über den Inhalt beider Briefe nachgedacht hatte. Der von den Welker & Welker-Arschlöchern lag immer noch auf meinem Schreibtisch. Ich hatte Herrn Welker letzte Woche gesagt, dass ich ihn heute anrufen würde. Jetzt, da ich diesen Räumungsbescheid erhalten hatte, war ich nicht mal mehr sicher, ob er überhaupt damit rechnete, noch von mir zu hören. Und hätte ich nicht in den tiefsten Tiefen meiner Festplatte gewusst, dass er mich mehr brauchte als ich ihn – ich denke, ich hätte nie wieder mit ihm gesprochen.

Der Brief meiner Mum ruhte auf meiner Brust; meine linke Hand hielt ihn immer noch fest.

»Diese Frau!«, dachte ich und lächelte wieder in mich hinein. Immer gut für eine Überraschung! Es war schwierig für mich, wirklich glücklich über die Neuigkeiten meiner Mum zu sein, ohne mich mit der Angst, die ich vor meiner möglichen Obdachlosigkeit hatte, auseinanderzusetzen. Also beschloss ich gegen Mittag, dass ich bereit war, mich dem Showdown mit Herrn Welker zu stellen. Ich wusste, dass meine einzige Chance darin bestand, ihn unvorbereitet zu treffen.

»Herr Welker«, sagte ich unvermittelt, sobald er ans Telefon ging. Es klang mehr wie ein Befehl als eine Begrüßung. Er hatte etwas erwidern wollen, aber ich ignorierte ihn.

»Ich muss schon sagen«, fuhr ich fort, über ihn hinwegredend, »ich war ziemlich schockiert gestern diesen Brief von Ihnen zu erhalten – stecken Sie in finanziellen Schwierigkeiten?«

Für den Bruchteil einer Sekunde war er sprachlos. »Ich meine, in Ihrem Brief an mich steht, dass Sie meine Wohnung wegen ›Eigenbedarf‹ brauchen. Was heißt das? Werden Sie selbst einziehen, oder wollen Sie, dass eines Ihrer Kinder sie bekommt?« Ich wusste ganz genau, dass keins von beidem zutreffend war.

»Und wenn es so wäre?«, wetterte er, nachdem er endlich seine Worte wiedergefunden hatte. »Was würde Sie das angehen?!«

»Möglicherweise kann ich Ihnen helfen«, antwortete ich. »Das heißt, wenn Sie etwas Geld leihen müssten. Wenn Sie aber wieder Stress mit Ihrer Frau haben, dann sind Sie auf sich gestellt …« Das machte ihn stinksauer.

»Hören Sie zu, Boney –«, begann er.

»Mein Name ist Frau Mensah«, unterbrach ich ihn. »Und ich möchte dass *Sie mir* zuhören! Ich hatte Ihnen gesagt, dass ich Sie heute anrufen würde, um den Grunewaldauftrag zu besprechen. Erwarten Sie ernsthaft, dass ich Ihnen ein qualitativ hochwertiges Konzept liefere, nachdem Ihr Büro mir einen Räumungsbescheid zugestellt hat?!«

»Und glauben Sie *ernsthaft*, dass ich Ihnen *vertrauen* kann,

wenn Sie mir sagen, dass Sie sich von der Arbeit freinehmen …«

Ich unterbrach ihn ein drittes und letztes Mal.

»Herr Welker!«, herrschte ich ihn an. »Ich habe keine Zeit
für Spielchen. Ich möchte dieses Projekt zum Erfolg führen.
Ich gehe davon aus, dass Sie meine Präsentation sehen wollen. Ich werde nächste Woche Montag um zehn Uhr in Ihrem
Büro sein. Als Gegenleistung werde ich, bis spätestens Freitag,
ein Schreiben von Ihnen bekommen, dass der Räumungsbescheid ein Irrtum war. Ich bin froh, dass wir uns einigen
konnten. Auf Wiederhören!«

Ich legte auf.

Mein Herz klopfte bis zum Hals, und ich konnte selbst
nicht glauben, wie ich mit ihm gesprochen hatte. In der Not
ist der Teufel die Mutter der Porzellankiste – oder so ähnlich.
Offensichtlich war ich tatsächlich eine viel bessere Lügnerin,
als ich bisher angenommen hatte.

Tag 10

Bis zu dem Donnerstagmorgen hatte ich Gold noch nie so häufig gesehen.

Manchmal, wenn eine *weiße* Person sprach, schimmerte eine Zahnfüllung aus dem vielfach schattierten Grau, an das sich meine Augen inzwischen gewöhnt hatten. Doch abgesehen davon, wenn ich nicht gerade zufällig an einem Juweliergeschäft vorüberlief oder einen Stolperstein zu Gesicht bekam, eingebettet zwischen Betonplatten und einer schuldgeplagten Erinnerungskultur, konnte es durchaus vorkommen, dass es mir tagelang überhaupt nicht auffiel. An diesem Donnerstagmorgen bemerkte ich, dass der Rahmen um Sams Bild nicht mehr so golden glänzte, wie er es sollte. Ich polierte ihn kräftig mit einem Lappen, da ich ihn ohnehin eine Weile nicht mehr entstaubt hatte, aber die Farbe veränderte sich nicht. Das Bild hing in meinem Flur. Ich muss zwanzig Mal am Tag daran vorbeigelaufen sein, aber erst, als meine letzte Farbe mich verließ, wurde mir bewusst, wie sehr ich sie vermisste. Typisch.

Ich brachte den (grauen) Lappen in meine (graue) Küche zurück, nahm dann meinen (grauen) Tee und nippte daran, während ich in mein (graues) Zimmer zurücklief. Trotz der Handschuhe waren meine Hände kalt, daher fühlte es sich gut an, sie an der Tasse zu wärmen. Wieder an meinem Schreibtisch angelangt, konzentrierte ich mich noch mal auf die endlosen Zeilen HTML-Code, die meinen Bildschirm zierten. Ich unterdrückte ein Gähnen und blinzelte angestrengt, wobei ich meinen Kopf noch näher zum Monitor neigte. Obwohl ich todmüde war, fühlte ich mich auch sehr optimistisch, man könnte sogar sagen, ein wenig euphorisch. Dem Brief meiner Mum zufolge würde der Verlust meiner Fähigkeit, Farben durch die Sehkraft zu erfassen (sie nannte das Monosinn), mit der Zeit durch die Fähigkeit, Farbe körperlich zu erleben, ersetzt werden (eine Gabe, die sie Polysinn nannte). Ich hatte den Brief immer und immer wieder gelesen, bis etwa zweiundzwanzig Uhr gestern Abend. Er enthielt keinen Hinweis darauf, wann genau meine Farben zurückkehren würden, oder was genau sie mit »körperlich« meinte. Er beinhaltete nur eine Liste mit verschiedenen Vorsichtsmaßnahmen, die ich treffen musste, und eine rätselhafte Botschaft über Sam. Als ich den letzten Absatz des Briefes noch einmal las, wurde mir klar, dass ich in der Zwischenzeit trotzdem noch eine andere Lösung für meine Farbkrise brauchen würde. Meine Augen ruhten auf dem Logo im Briefkopf, welches ich für meine Mum entworfen hatte. Und dann schaute ich auf einmal nach oben – mein Aha-Erlebnis war endlich eingetroffen. Während meiner gesamten Karriere als Grafikdesignerin hatte ich mit Printmedien gearbeitet, somit wusste ich, wie man Farben *numerisch* in Photoshop mischte …

Bis spät in die Nacht experimentierte ich mit Codes von alten Projekten, um etwas Neues zu entwerfen. Als es jedoch drei Uhr morgens wurde, wusste ich, dass ich, wenn ich

Welker wirklich beeindrucken wollte, etwas weitaus Dynamischeres produzieren müsste (ich hatte seit unserem Telefonat nichts mehr von ihm gehört, aber ich war sicher, dass er zu neugierig sein würde, um meine Präsentation am Ende nicht doch sehen zu wollen). Ich rieb mir die Augen und tippte »HTML Video-Tutorial« in meine Suchmaschine. Obwohl ich noch nie online gearbeitet hatte, beschloss ich an dieser Stelle mit einem Marathon-Crashkurs für Selbstlerner_innen zu beginnen, der zu der besten Präsentation führen sollte, die ich je zustande gebracht hatte.

Tag 11

Manche Menschen wissen, wie es geht.

Sie können einen Moment wie einen Schmetterling einfangen; eine gekonnte Kombination aus schnell und sanft. Sie halten diesen Moment möglicherweise für zwei oder drei ganze Minuten fest – oder vielleicht nur für ein paar Sekunden. Aber jede einzelne Zeiteinheit ist so kostbar, so zerbrechlich und so kraftvoll wie ein Herzschlag. Das Flattern der Flügel gegen ihre Finger erinnert sie daran, dass sie bald loslassen müssen. Aber wie lang »bald« ist, hängt von einem Zusammenspiel so vieler Dinge ab … Manche Menschen wissen solche Dinge gut einzuschätzen, und können den Moment genau im richtigen Augenblick loslassen und ihm dann beim Davonfliegen zusehen, unversehrt, den Duft einer zarten Erinnerung zurücklassend, ein kaum hörbarer Abdruck auf der Handfläche des_der Haltenden …

Und dann gibt es solche, für die die Beschreibung »hoffnungslos unfähig« ein großes Kompliment wäre. Ich gehöre definitiv zu der zweiten Gruppe. Und um die Sache noch schlimmer zu machen, war ich bis Freitagmorgen zweiundsiebzig Stunden ununterbrochen wach gewesen – ich komme mit Schlafentzug nicht gut klar.

Passiert war Folgendes. Ich hatte gute Fortschritte mit meinem HTML-Crashkurs gemacht und beschlossen, mir eine wohlverdiente Pause zu gönnen. Ich verließ meine Wohnung lediglich mit meinem Schlüssel und ein bisschen Kleingeld und ging los Richtung Markthalle. Ich hoffte, etwas Inspirierendes in dem kleinen Buchladen zu finden, oder falls nicht, dass ich wenigstens für ein paar Minuten die klassische Livemusik genießen könnte, wenn ich das Glück hatte, den talentierten *weißen* Pianisten dort anzutreffen. Ich wohnte hier noch nicht so lange, aber in nur wenigen Jahren hatte sich die Gegend von einem vernachlässigten und deprimierenden Viertel mit zwei schmuddeligen Supermärkten und einem Drogenproblem gewandelt zu einer Gegend mit blinkenden Schildern, die Autofahrer_innen ermahnten, bitte an die lieben Kinder zu denken, Geschäften, die Designerartikel für den Balkon verkauften, und englischsprachigen *weißen* Anwohner_innen, die vorhatten, ihre eigenen Kindergärten zu eröffnen. Es hatte etwas gedauert, bis mir klarwurde, dass ich zu den Leuten gehörte, die Druck ausübten: hoch mit den Mietpreisen und raus mit den Alteingesessenen, die hier ihr ganzes Leben gelebt hatten. Ich winkte der Frau in der Bäckerei durchs Fenster zu und war froh, dass einige von uns immer noch ihren Laden unterstützten, obwohl ihr Milchkaffee nicht so Hipster war wie der Latte Macchiato, den es in der Bergmannstraße gab.

Ich ging um die Ecke und, als wäre es Zauberei, da war er wieder. Dieser Polizist. Ich erkannte ihn dieses Mal sofort, weil er einen ganz bestimmten Gang hatte. So, als wäre er dankbar, überhaupt laufen zu können. Genau genommen, wenn ich ein Wort wählen müsste, um seine Körpersprache zu beschreiben, dann wäre es: Dankbarkeit. Das faszinierte mich wirklich sehr. Ich starrte ihn eine ganze Weile an, während ich auf ihn zulief – er war vertieft in ein Gespräch mit seinem *weißen* Kollegen. Ich konnte erkennen, dass der Kollege *weiß* war, weil sein Gang insgesamt kräftiger und autoritärer war. Er platzierte seine Füße fest auf den Boden, und jeder Schritt brachte die seit Generationen empfundene Selbstverständlichkeit von Recht und Besitz zum Ausdruck.

Da war das Bruchstück eines Moments, wirklich, es war dünn wie Papier, als ich an »meinem« Polizisten vorbeiging und seine Aura in mich aufnahm. Ich glaube, er spürte es auch. Wir waren da, und dann auf einmal waren wir fünf Schritte voneinander entfernt. Es ging zu schnell vorbei, also wendete ich den Kopf, um ein zweites Mal nachzusehen. Es war mir nicht in den Sinn gekommen, dass er dasselbe tun würde. Ich war verlegen und drehte mich hastig um, als ob ich dadurch auch gleichzeitig die Zeit zurückdrehen könnte. Und dann geschah es.

Ja.

Ich tat es.

Ich lief geradewegs gegen einen Laternenmast.

…

Wenn sich der Erdboden doch hätte öffnen können, um mich zu verschlingen …

Tag 12

Es kitzelte.

Das war meine erste Empfindung, als ich am Samstagmorgen aufwachte. Es kitzelte in meinem ganzen Gesicht, aber besonders an meiner Nase, und es gefiel mir – es brachte mich zum Kichern. Genau wie meine Mum geschrieben hatte. Mein Gelb war zurück! Gestern Nacht war ich in meinen Klamotten eingeschlafen, auf meiner Bettdecke liegend, aber ich hatte die Voraussicht gehabt, die Gardinen zuzuziehen; somit war das Sonnenlicht, das durch das gelbe Gewebe schien, das Erste, was ich sah, als ich meine Augen öffnete.

Mit dem Geschmack von geschmolzener Butter in meinem Mund und einem Hauch von Zitronengras, der mich begleitete, tanzte ich praktisch ins Bad. Seit letzter Woche Montag hing nun ein Poster von Jackie Brown dort, wo der Spiegel gewesen war. Sie war ohnehin in schwarzweiß – doch das Filmlogo hatte ursprünglich gelb geleuchtet, wie die Sonne in einer von Sams alten Zeichnungen. Jetzt, als ich Jackie mit der üblichen Schwarzen Begrüßung entgegentrat, konnte ich fühlen, wie die Wärme der gelben Buchstaben von dem Poster in das ansonsten kühle Badezimmer strahlte. Ich stellte die Heizung höher, ließ heißes Wasser in die Badewanne ein und holte meine Gummiente aus dem untersten Teil meines Wäschekorbs hervor. Ich hatte sie an dem Tag, als mir endlich klarwurde, dass meine Farben angefangen hatten, mich zu verlassen, in ihren Textilkerker verfrachtet: Das alberne Grinsen der Ente hatte mich dazu gebracht, sie anzünden zu wollen. Jetzt, wo ich Quacky in meiner linken Hand hielt und mit meiner rechten Badeschaum in das fließende Wasser spritzte, verspürte ich wieder den Drang zu lachen. »Vielleicht«, dachte ich vor mich hin, »ist das der Grund, warum die Menschen in meinem Kiez nicht so oft lächeln. Vielleicht haben sie nicht genug Gelb in ihrem Leben …«

Meine Sonnenbrille lag natürlich immer noch auf dem Badewannenrand. Wie mittlerweile üblich, setzte ich sie auf, bevor ich mich auszog. Obwohl ich wusste, dass ich bald im vollen Besitz von Polysinn sein würde, war ich immer noch nicht stark genug, meine eigene nackte, farblose Haut ohne sie anzusehen. Während ich genussvoll unter den Schaumblasen versank, fühlte ich mich erleichtert und ermutigt. Ich tupfte mein Gesicht ab und zuckte jedes Mal, wenn ich die Beule an meiner Stirn berührte, zusammen. Die Delle dort war nicht annähernd so groß wie die an meinem Ego – dennoch schmerzte sie sehr. Ohne es zu wollen, wurden meine Gedanken, die zu dem Polizisten gewandert waren, prompt leicht unanständig, ungeachtet der Tatsache, dass ich von einem sehr frühen Alter an gelernt hatte, dass Sex niemals für mich funktionieren würde. Es war offensichtlich unnötig und wahrscheinlich höchst unangenehm, wie ich später schlussfolgerte. Von dem bisschen, was ich in letzter Zeit in Film und Fernsehen gesehen hatte, sah es würdelos und schmerzhaft aus, unabhängig von der Zusammensetzung der Geschlechter oder der Anzahl der Individuen, die beteiligt waren. Ich brauchte ein paar Anläufe, aber ich dachte erfolgreich die erotischen Bilder weg, bevor ich aus der Badewanne stieg und mich anzog.

Ich war so überglücklich über die Rückkehr meines Gelbs, dass ich hastig meine Jacke, Mütze und Stiefel anzog und die Wohnung verließ, um zu sehen, was ich sonst noch empfinden konnte. Ich hüpfte praktisch die Treppe hinunter und steuerte auf die Haustür zu, hielt kurz im Flur an, mehr aus Gewohnheit als sonst irgendwas, um gedankenverloren in meinen Briefkasten zu schauen. Ich hatte nicht damit gerechnet, dass er leer sein würde. Aber er war es. Das Ultimatum, dass ich Herrn Welker gestellt hatte, hatte offensichtlich nicht funktioniert: Der Brief war nicht da.

Tag 13

Es juckte.

Nur ein wenig. Eigentlich hauptsächlich auf der linken Seite meines Körpers. Aber ich war vorbereitet. Gähnend öffnete ich eine der vielen Hautcremetuben, die ich nun immer in meinem Rucksack trug und nahm mir die Zeit, etwas auf die am meisten betroffenen Stellen aufzutragen: die Rückseite meiner Schulter, das Innere meines Ellbogens, meine Rippen, mein Schienbein, die Achillessehne und meine mittlere Zehe. Ich kaute nervös an meiner Unterlippe und tappte mit meinem rechten Fuß auf den Boden, während ich mich selbst massierte. Ich war nicht sicher, ob das Gefühl der Verzweiflung, dass sich in meiner Magengegend breitmachte, davon kam, weil mein Hellblau zu mir zurückkehrte, oder ob es an der Erkenntnis lag, dass ich tatsächlich mein Zuhause verlieren würde: das einzige Zuhause, das ich hatte, seitdem ich das meiner Mutter verlassen musste; der Ort, an dem ich Sam zur Welt gebracht hatte; die Wände, die mir Halt gaben.

Das Jucken begann Punkt 4.30 Uhr morgens. Gegen zehn Uhr war es qualvoll intensiv an meinem ganzen Körper zu spüren, und dort, wo ich meine Haut aufgeschürft hatte, weil ich so fest gekratzt hatte, fing es an zu brennen. Meiner Mum zufolge würden die Symptome nur während der ersten paar

Stunden, in welchen die Farben zurückkehrten, so heftig sein. Ich hoffte mit all meiner mir noch verbliebenen Konzentration, dass sich das als wahr erweisen würde. Ich konnte mich nicht einmal durch essen ablenken, aufgrund des gefrorenen, metallischen Geschmacks in meinem Mund. Ich wäre ja spazieren gegangen, aber es hatte in der Nacht geschneit, und obwohl es draußen idyllisch aussah, waren die Temperaturen unter null. Der Gedanke daran, die Hauptstraße entlangzuschlittern und Dinge anzusehen, die ich mir nicht mehr leisten konnte, in Geschäften, die ich nicht mehr frequentierte, geführt von Leuten, die ich nicht mehr respektierte, reizte mich kein bisschen.

Ich war verzweifelt. Die Webseitenpräsentation, an der ich gearbeitet hatte, seitdem ich Herrn Welker das Ultimatum gestellt hatte, war fast fertig – aber mittlerweile völlig überflüssig. Die übrigen Aufträge, die ich noch hatte, würden mich nur bis Ende Januar über Wasser halten. Und selbst dann würde ich herausfinden müssen, wie ich mit Polysinn arbeiten könnte – wenn es mich nicht vorher umbringen würde. Und all das, während ich gleichzeitig eine neue Unterkunft finden musste und möglicherweise sogar eine neue Karriere.

Je angestrengter ich versuchte, mein Leben in den Griff zu bekommen, desto weniger Sinn machte alles und desto mehr verlor ich die Kontrolle. Ich fühlte mich, als würde ich in Treibsand feststecken und rasant einsinken. Er hatte bereits meine Taille erreicht, und so griff ich, in einem Akt der Verzweiflung, um mich selbst zu retten, nach meinem Laptop. Ich wollte alles löschen, denn wenigstens würde ich dann Kontrolle über die Situation erlangen – doch in diesem Moment klingelte es an der Tür. Der Schreck reichte, um mich dazu zu bewegen, innezuhalten. Abgesehen von Leuten, die Werbung austrugen, oder gelegentlich Kindern, die Streiche spielten, klingelte nie jemand an meiner Tür. Und heute war Sonntag – keines von beidem schien mir wahrscheinlich.

Ich zögerte, doch betätigte schließlich den Knopf der Gegensprechanlage.

»Hallo?« Ich zuckte zusammen, während ich sprach, und vergewisserte mich noch mal, dass meine Haut nicht tatsächlich in Flammen stand.

»Frau Mensah?«

Ich erkannte sofort seinen wunderschönen Akzent wieder, aber mir fiel nichts anderes ein zu sagen als: »Wer ist da?«

»Hier ist Polizeibeamter Hussein«, antwortete er.

Tag 14

Es schmerzte.

Ich hätte nicht verwundert sein sollen. In dem Brief, den meine Mum mir geschrieben hatte, hatte sie ziemlich klar geäußert, dass dies die Farbwiedererlangung war, die ihr am meisten Angst gemacht hatte. Ich hatte stechende Schmerzen und das Gefühl, am ganzen Körper zu bluten, aber glücklicherweise konnte ich weder Wunden noch Blut sehen.

Wie immer hatten die Symptome zu früher Stunde begonnen und waren relativ schwach. Beim Aufwachen fühlte es sich so an, als habe ein winziger Kratzer dazu geführt, dass sich ein Tropfen Blut direkt über meiner rechten Augenbraue bildete. Ich wischte ihn mit der Spitze meines kleinen Fingers ab und war verwundert, dass, als ich meinen Handschuh ansah, nicht einmal der kleinste Fleck darauf zu finden war. Während der gestrige Morgen wegen des Dufts von Pfefferminze und Nebel in meiner Nase unangenehm, jedoch erträglich gewesen war, roch der heutige Tag ausschließlich nach Gefahr. Meine Mum hatte Schmerzmittel für die Rückkehr meines Rots empfohlen, doch weil ich wusste, dass mir auch etwas übel und ziemlich schwindelig sein würde, trug ich zusätzlich Reisetabletten bei mir.

Jetzt war es kurz nach zehn Uhr, und ich saß am Empfang

vor Herrn Welkers Büro. Ich schloss meine Augen und versuchte, meinen Atem zu beruhigen. Herr Welker hatte immer Blumen in seinem Büro und sehr häufig eine große Obstschale auf dem Beistelltisch, demnach war das Potential für Rot bereits gewaltig. Doch um das noch zu toppen, wusste ich, dass an der Wand hinter seinem Schreibtisch ein großes Bild hing – es gilt wohl als »moderne Kunst« –, welches komplett aus Schattierungen von Rot zusammengesetzt war. Das würde mit Sicherheit schmerzhaft werden.

Interessanterweise war meine Aufmerksamkeit jedoch nicht so sehr darauf gerichtet. Ich kann mit Schmerzen umgehen. Ich war nicht einmal sonderlich besorgt über die Präsentation, die ich halten würde. Herr Welker war mehr als überrascht gewesen, als ich ihn um neun Uhr angerufen hatte, um ihn zu bitten, rechtzeitig vor unserer Besprechung einen Beamer bereitzustellen. Ich hatte mich im Voraus dafür bedankt, dass er mir den Brief geschickt hatte, in dem er den Räumungsbescheid zurückzog (natürlich hatte er ihn *nicht* zurückgezogen, aber dank meiner Fertigkeiten als Grafikdesignerin hatte ich jetzt einen offiziellen Brief mit einer sehr authentisch aussehenden Unterschrift, für den Fall, dass irgendeine amtlich aussehende Person, die an meiner Tür klopfte, einen Beweis verlangen würde), und ich redete ohne Punkt und Komma darüber, wie sehr er meine Präsentation lieben würde – bis er letztendlich stammelte:

»Okay, ich habe bereits eine Besprechung um zehn Uhr. Aber kommen Sie trotzdem. Sehen wir mal, was Sie haben …«

Nein. Ich war nervös, aber aus dem Grund, dass meine Gedanken immer wieder zurück zu der kurzen Begegnung mit Hussein gestern drifteten. Ich sprach die ganze Zeit über die Gegensprechanlage mit ihm und versuchte mein Bestes, ihn auf Distanz zu halten. Ich hatte ihn sogar angelogen. Anscheinend hatte er mich ausfindig gemacht, um sicherzustellen, dass es mir gutging, nachdem ich gegen den Laternenmast gelaufen war. Darauf war ich absolut nicht vorbereitet. Ich sagte ihm, dass ich nicht wüsste, wovon er redete, dass ich die Wohnung nur zur Untermiete hätte, dass ich Frau Mensah kein einziges Mal getroffen hätte. Er gab nach einer halben Minute auf und ging davon. Aber irgendwie, trotz allem, war er jetzt immer noch bei mir …

»Frau Mensah?«

Ich öffnete meine Augen und blickte auf. Eine *weiße* Frau, von der ich annehme, dass sie Herrn Welkers Sekretärin war, winkte mich zu dem Büro herüber: »Herr Welker wird Sie nun empfangen.«

Tag 15

Es dröhnte.

Und außerdem war da dieses unheimliche Piepen. Ich konnte auch Flüstern hören, aber es war das permanente Piepen, das meine Träume durchdrang und mich letztendlich weckte. Als ich anfangs meine Augen öffnete, war alles verschwommen, undefiniert und extrem weiß. Und zwar blendend weiß. Mein erster bewusster Gedanke war, dass ich gestorben und in den Himmel gekommen war: *Alhamdulillah!* Aber da es dröhnte (und ich nehme an, im Himmel gibt es kein Dröhnen), kam ich zu der Überzeugung, dass ich wahrscheinlich noch am Leben war. Daraufhin versuchte ich mich, während ich still dalag, zu orientieren. Es klappte nicht; also überlegte ich, dass ich versuchen sollte, mich aufzusetzen. Sobald ich meinen Kopf anhob, reagierte einer der Wer-auch-immer-Leute in dem Raum, indem er auf mich zuging. Ich konnte die Person nicht deutlich sehen, und obwohl ich sie sehr gut hören konnte, war es unmöglich, mich mit ihr zu verständigen; meine Lippen fühlten sich geschwollen an, meine Zunge träge.

»Keine Sorge«, sagte sie sanft. »Sie sind in guten Händen …«

Die Person sagte noch mehr, und aufgrund der Tatsache, dass ihre Stimme immer wieder aus verschiedenen Ecken im

Raum kam, schien es so, als bewegte sie sich um mich herum, während sie sprach. Aber da ich die ganze Zeit über versucht hatte, eine Frage aus meinem Mund herauszubekommen, während sie erklärte und sich bewegte, entging mir eine ganze Menge von dem, was sie gesagt hatte.

»Wo bin ich?«, lallte ich endlich.

Als sie mir sagte, dass ich im Krankenhaus sei, sprach sie langsam, jede einzelne Silbe artikulierend, als spreche sie mit einem Kind, das ein Diktat schrieb. Ich realisierte, dass sie mir das Gleiche zwei Sätze vorher schon mal gesagt hatte.

»Sie sind gestern Morgen umgefallen«, fuhr sie fort. »Sie sind von Ihrem Manager hergebracht worden und seitdem hier.«

»Wo bin ich?«, wiederholte ich. Ich schämte mich sofort und wünschte, ich könnte die Worte zurückholen, die ja ohne meine Erlaubnis herausgerutscht waren.

Die Person – ich konnte sie immer noch nicht deutlich erkennen, aber sie zeigte mir gegenüber unendliche Geduld – hatte ein Lächeln in ihrer Stimme, als sie wieder sprach. »Ich werde Sie erst mal ausruhen lassen«, sagte sie. »Wir können später noch reden …«

Mit einem Mal hatte ich schreckliche Angst und fing an zu hyperventilieren – ich wollte nicht, dass sie ging. Eine Flut an Fragen begann meinen Kopf zu überschwemmen; jedes noch so bruchstückhafte Begehren um Antwort klang lauter und angsterfüllter als das vorangehende. Niemand in meiner Familie war je zuvor im Krankenhaus gewesen. In der Tat glaube ich, dass in der gesamten Geschichte der *Ejis* nur eine Hand-

voll von uns überhaupt je ärztliche Hilfe in Anspruch genommen hatte. Ich konnte hier nicht bleiben. Ich *musste* hier weg.

»Nein!«, stieß ich aus.

Ruhige-Person reagierte, indem sie meinen Arm streichelte. »Keine Sorge«, wiederholte sie. »Sie sind in guten Händen.«

Und dann intensivierte sich das Dröhnen. Ich realisierte später, dass der *weiße* Arzt, der in diesem Moment an mich herangetreten war, einen grünen OP-Kittel angehabt hatte. Ich war überwältigt von der Grünheit der Situation – ich hörte und sah nichts. Aber wie ich riechen konnte: Dieses Mal war es der Geruch von frischgemähtem Gras vermischt mit dem Duft von gerösteten Kürbiskernen und außerdem einer kräftigen Dosis Schimmel. Ich wurde ohnmächtig.

Es war gegen dreiundzwanzig Uhr, als ich wieder zu mir kam. Dieses Mal war meine Sicht kristallklar, und die Schwellung in meinem Mund war beinahe komplett abgeklungen. Ich blinzelte heftig. Einige Augenblicke später erinnerte ich mich an die Frau, mit der ich gesprochen hatte. Und das Piepen. Und das Verschwinden des Himmels. Und dann erinnerte ich mich, dass heute Dienstag war: Sams Tag. Seit fünfzig Dienstagen hatte ich es an keinem einzigen Morgen versäumt, mir einige Minuten Zeit zu nehmen, um mich an den exakten Moment zu erinnern, an dem sie mich verließ.

Heute hatte ich den einundfünfzigsten verpasst.

Tag 16

Es kribbelte.

An meinem rechten Ohr und die rechte Seite meines Gesichts hinab. Ich presste das Telefon, so fest ich konnte, an mein Ohr. Ich hatte immer noch nicht meine Haut gesehen, obwohl ich meine weißen Handschuhe nicht mehr anhatte (als ich fragte, wo sie waren, wusste niemand in der Klinik, wovon ich sprach), deshalb schloss ich immer noch meine Augen, sobald die Möglichkeit bestand, dass ich meine Handgelenke oder Hände zu Gesicht bekommen könnte. Die Ärmel an meinem Krankenhaushemd waren nicht lang genug, um sie zu bedecken. Doch die Wiederkehr von Dunkelblau war ansonsten unspektakulär, denn abgesehen von meinem Handy und den vier Adventskerzen kam diese Farbe in meinem Krankenhauszimmer sonst nicht vor. Das Telefon klingelte genau einmal, bevor meine Mum den Anruf entgegennahm.

»Charlie?«, flüsterte sie. »Geht's dir gut?«

»Ja Mummy«, antwortete ich. Ich hatte gewusst, dass sie beunruhigt sein würde, weil es völlig untypisch war, dass ich so schnell wieder mit ihr reden wollte. Wir hatten uns beide an unsere Kultur des spärlichen Kontakts gewöhnt.

Jetzt echauffierte sie sich. Genauer gesagt, machte sie einen langgezogenen Ton, indem sie durch ihre zusammengebissenen Zähne die Luft scharf einsog, während sie gleichzeitig ihre Wangen zusammenpresste; ein Ton, der etwas zwischen Frust und Verzweiflung ausdrückte. Nur meine Mum kann dieses Geräusch machen, und sie tut es nur dann, wenn sie weiß, dass ich lüge, um etwas zu vertuschen.

»Was ist passiert?«, wenn sie wütend war, war es unerheblich, dass sie dabei niemals schrie. Der drohende Ton in ihrem Flüstern war laut genug.

»Seit gestern… ich bin im Krankenhaus …«

»Was?!«, fuhr sie dazwischen. Etwas Unverständliches folgte in einer Sprache, die ich einst fließend sprach. Ich zuckte zusammen und hielt das Telefon etwas weiter weg von meinem Ohr.

»Sie haben mir gesagt«, fuhr ich fort, als sie aufgehört hatte draufloszuschimpfen, »dass ich ohnmächtig geworden bin.«

»Welche Farbwiedererlangung war es?«

»Rot.«

Es herrschte kurz Stille. Und dann, offensichtlich nachdem sie sich die Zeit genommen hatte, sich zu sammeln, sprach meine Mum weiter. »Hast du nicht die Medizin genommen, die ich dir geschickt habe?«

»Hab ich, hab ich!«, gab ich zurück, etwas zu defensiv. »Ich habe drei Dosierungen genommen… und Tomatensaft getrunken, genau wie du gesagt hast. Ich habe sogar zusätzlich ein paar Reisetabletten genommen…«

»WAS?!«

Sofort wurde mir klar, dass ich etwas sehr Dummes getan hatte.

»Ich habe ein paar Reisetabletten genommen…«, wiederholte ich verunsichert … »ich wusste, dass mir schlecht werden würde, wegen des Blutes …«

»Ah! CHAR-LEE! *Why oh?* Hast du meinen Brief nicht gelesen? Lies ihn noch mal! Habe ich nicht geschrieben, dass du absolut *gar keine andere* Medizin nehmen darfst?!«

Zugegebenermaßen, seit dem ersten Tag, als ich den Brief stündlich gelesen hatte, hatte ich ihn an den darauffolgenden Tagen nur hier und da überflogen. Es ist sehr gut möglich, dass ich wesentliche Punkte der Ratschläge, die sie mir gegeben hatte, übersehen hatte.

»Tut mir leid, Mummy«, war das Beste, was ich herausbekommen konnte.

»Wie oft soll ich dir das noch sagen!«, begann sie, und dann folgten die Worte, die sie so oft während meiner Kindheit wiederholt hatte: »Wir-Soll-En-Von-Nie-Man-Dem-Ab-Hän-Gig-Sein!« Jede Silbe wurde betont, indem sie dabei mit der Faust gegen etwas Hartes schlug. Wahrscheinlich ihren Beistelltisch.

»Tut mir leid, Mummy.«

»Haben sie dich operiert oder dich untersucht? Haben sie irgendwelche Tests durchgeführt?« Sie klang ernsthaft besorgt.

»Nein, natürlich nicht, Mummy!«, sagte ich, beinahe schreiend. Aber in Wahrheit wusste ich nicht wirklich, ob sie es getan hatten oder nicht.

»Du musst diesen Ort so schnell wie möglich verlassen, okay?«

»Ja, Mummy.«

»Heute noch!«

»Ja, Mummy.«

»Und lies den Brief gründlich!«

»Ja, Mummy.«

Die Verbindung war weg und ich allein. Oder ich dachte, dass ich es wäre. Als ich aufschaute, wartete Herr Welker ungeduldig an der Tür. Er betrachtete mich eine gefühlte halbe Ewigkeit lang, bevor er sprach.

»Wie geht es Ihnen?«, krächzte er. Das erforderte der Anstand.

»Ganz gut«, antwortete ich nervös. »Es ist zwar nett, aber Sie hätten nicht zu kommen brauchen …« – damit meinte ich: »Sie sind der letzte Mensch auf Erden, den ich jetzt sehen will …« Aber vielleicht stimmte das nicht ganz.

»Ich habe hier heute Morgen auch persönliche Angelegenheiten zu erledigen«, unterbrach er. Was ich als »Komm bloß nicht auf komische Gedanken. So wichtig bist du nun auch nicht« übersetzte. Was mir bestätigte, dass ich es sehr wohl war.

»Ihre Präsentation war nicht schlecht«, fuhr er nach einer Weile fort, wobei er sich, so gut er konnte, bemühte, beiläufig zu klingen. (Meine Präsentation! – Ich konnte mich überhaupt kein bisschen daran erinnern.) »Die Farbkombinationen waren ziemlich gewagt. Aber ich denke, Sie hatten ein paar Ideen, die der Kunde mögen wird. Ich hoffe, Sie haben Zeit, ihn mit mir am Freitag zu treffen?«

Ich denke, die Frage war rhetorisch gemeint.

Tag 17

Es brannte.

Ich ignorierte es. Meine Aufmerksamkeit galt den wunderschönen Kunstwerken in Frau Bahirs Ausstellung »komm – UNITY!«, und ich musste mich nicht sonderlich bemühen, sie darauf gerichtet zu halten. Sie hatte offensichtlich unzählige Stunden damit verbracht, für die ausgestellten Schwarzweißfotos hölzerne Rahmen sorgsam mit ornamentalen Schnitzereien zu versehen und zusammenzubauen und dann jeden einzelnen in akribischer und atemberaubender Feinarbeit liebevoll per Hand zu bemalen. Außerdem verwendete sie den kleinsten Pinsel, den sie besaß, um feinste Details der Bilder hervorzuheben, wofür sie jedes Mal dieselbe Farbe, die sie für den dazugehörigen Rahmen verwendet hatte, wählte. Ich lächelte angesichts der Bilder, die mit Gelb verziert waren, ungeachtet der Tatsache, dass die Szenen Leute, die offenbar einsam waren, darstellten: ein älterer *weißer* Mann, der auf dem Boden vor einem Restaurant liegt, umgeben von all seinen irdischen Gütern; eine junge hochschwangere Frau, die am Ende einer Schlange im Supermarkt steht; ein behindertes Kind, welches allein in der Ecke eines belebten Abenteuerspielplatzes sitzt. Mein Braun war noch nicht zu mir zurückgekehrt, aber ich erkannte einige der Leute wieder, die in meiner Nachbarschaft lebten. Während ich an dem Projekt gearbeitet hatte, war mir vorher nicht aufgefallen, wie wunderschön die Menschen oder aber wie gut komponiert die Bilder waren. Mit Monosinn war es einfach nur ein weiterer Auftrag gewesen. Mit Polysinn hatte ich nun Zugang zu einer ganzen Bandbreite an darüber hinausgehenden und faszinierenden Informationen. Die dargestellten Individuen konnten grob in zwei Gruppen unterteilt werden: »Menschen, die komplett in der Gegenwart leben« und »Menschen, die in die Zukunft sehen können« – diese Gruppen korrespondieren nicht exakt mit »*weiß*« und »of color oder Schwarz«, aber es gab eine ziemlich große Übereinstimmung.

Ich sah mir nun eines der Bilder an, welches mit Lila verziert worden war. Da diese Farbe gerade erst an diesem besagten Morgen zu mir zurückgekehrt war, brannten meine Arme und Beine immer noch ziemlich, aber es war auszuhalten. Dass es überhaupt nichts im Vergleich zu dem Ausmaß an Schmerz war, den Frau Bahir regelmäßig erleidet, wurde mir bewusst, als ich ihr dabei zusah, wie sie einem ihrer Brüder eine lustige Geschichte erzählte. Ihre ganze Familie war da, um sie zu unterstützen. Selbst diejenigen, die nicht in unserem Kiez lebten, hatten sich den Nachmittag freigenommen, um pünktlich hier zu sein. Mittlerweile war es etwa 19 Uhr, demnach hatten meine schlimmsten Symptome nachgelassen. Als gerade niemand hinsah, legte ich, dem Anlass zu Ehren, dass meine Lieblingsfarbe zurückgekehrt war, einen Moonwalk hin. Ich mochte den Hauch von Lavendel sehr, der von den kleinen hervorgehobenen Details in dem

Bild ausging, sowie die außergewöhnliche Geschmackskombination aus Auberginen und Weintrauben in meinem Mund. Aber das Aufregendste von allem – da war er. Nun ja, »aufregend« mag vielleicht nicht das richtige Wort sein, weil es wirklich kein schmeichelhaftes Bild von ihm war. Er war einer von vielen behelmten und/oder aggressiv aussehenden Polizist_innen bei einer Anti-Sarrazin-Demo direkt vor dem Berliner Ensemble. Warum war mir vorher nicht aufgefallen, dass Hussein mir in der Öffentlichkeit deswegen bekannt vorkam, weil ich ihn im Privaten stundenlang am Stück auf meinem Computerbildschirm angestarrt hatte, während ich die Ausstellung vorbereitete? Erinnerungen sind eine knifflige Angelegenheit …

»Was halten Sie davon, Cee?«, Frau Bahir lächelte mich nervös an, während sie mir ein Glas Weißwein reichte.

»Phantastisch«, antwortete ich ernsthaft beeindruckt und machte dabei eine ausschweifende Geste. Wo ich auch hinsah, standen kleine Gruppen von Leuten um die Bilder herum und unterhielten sich leidenschaftlich über Frau Bahirs Arbeiten. Einer von Frau Bahirs Brüdern hielt seinen jüngsten Sohn hoch, damit sie gemeinsam eines der Bilder betrachten konnten. »Sie haben erstaunliche Arbeit geleistet …«

Frau Bahir strahlte und steckte ein loses Haar unter ihr Kopftuch, während sie sprach: »Ich bin so froh, dass Sie kommen konnten. Das bedeutet mir wirklich sehr viel.« Ihre Stimme versagte, und ihre Augen füllten sich mit Tränen. Ich berührte sie sanft am Arm.

»Natürlich bin ich gekommen!« Ich lachte (ich hatte nicht

vorgehabt, das zu tun, es geschah, weil sie eine gelbe Bluse trug). »Wenn sie mich nicht gestern Abend aus der Klinik entlassen hätten, wäre ich ausgebrochen!«

Frau Bahir lachte ebenfalls und tupfte sich mit dem Mittelfinger ihrer rechten Hand die Augen. »Oh! Mein Mascara!«, stieß sie hervor. Ich reichte ihr ein Taschentuch.

»Was halten Sie davon?« Ich nickte in Richtung ihrer Familie, jedes Familienmitglied genoss den Moment offensichtlich in vollen Zügen.

»Sehen Sie sie sich nur an«, lachte Frau Bahir. »Abdel hat mir gesagt, dass er jetzt endlich versteht, was ich den lieben langen Tag in meiner Wohnung mache. Er meint, dass ich mich in einen von diesen Yuppies verwandelt habe und jetzt besser in den Prenzlauer Berg passen würde!« Sie lachte wieder vor sich hin und bedeckte ihren Mund mit einer Hand.

»Bitte was?!«, antwortete ich, aber Frau Bahir schüttelte bereits ihren Kopf. »Er weiß schon, er weiß schon. Ich brauche meine Familie um mich herum. Wenn sie nicht so oft bei mir nach dem Rechten sehen würden, wäre ich wahrscheinlich ständig im Krankenhaus.« Frau Bahir nahm sich jetzt auch ein Glas Wein und trank einen Schluck. »Es stimmt schon, meine Wohnung ist kein Palast. Aber sie ist im Erdgeschoss, sie ist billig und …« Sie deutete mit ihrem Kopf zu ihrer Familie »… sie ist in der Nähe von der Bande da. Nein, nein. Ich gehe nirgends hin.«

»Auf Sie!«, sagte ich erleichtert und mein Weinglas hochhaltend. Wir ließen unsere Gläser klingen. »Ich danke Ihnen, Cee«, sagte sie aufrichtig.

Bevor ich noch etwas sagen konnte, durchbrachen die Worte »Ah, das ist also Ihr Name« die intime Stimmung zwischen Frau Bahir und mir. Ich hielt den Atem an, nickte sanft und lächelte dabei, noch bevor ich mich umdrehte, um ihn anzusehen. Mein Polizist sah sogar noch besser aus in Zivil. Ich vermutete, dass er etwas Grünes trug – die Art und Weise, wie ein pochendes Gefühl sofort die Kontrolle über meine Brust und meinen Hals übernahm, verriet es.

»Hussein!« Frau Bahir strahlte, als sie ihn umarmte. »*Selam*«, antwortete er. Er erwiderte die Umarmung; doch die ganze Zeit über war ich es, die er anlächelte …

Tag 18

Es kratzte.

Diskret bewegte ich mein Kinn vor und zurück und von einer Seite zur anderen; aber sosehr ich es auch versuchte, ich konnte die Irritation um meinen Hals herum nicht lindern. Es war eine blöde Idee gewesen, heute eine Bluse mit einem orangefarbenen Kragen anzuziehen. Die Wahrscheinlichkeit, dass gerade diese Farbe an diesem Morgen zu mir zurückkehren würde, war mit eins zu vier ziemlich hoch gewesen. Der Geschmack von Karotten war relativ angenehm, und ich kam mit dem Geruch von gebutterten Süßkartoffeln und warmer Kürbistarte klar, aber das kratzige Gefühl war zum Verrücktwerden. Herrn Welker schien mein Unbehagen glücklicherweise nicht aufzufallen. Oder vielleicht schrieb er es den Nerven zu. Ich warf ihm abermals einen verstohlenen Blick zu. Sein Gesicht war immer noch verzerrt, und seine Hände umklammerten weiterhin fest das Lenkrad, während er geradeaus starrte. Es war, als würde er denken, dass der Verkehr vor uns, wenn er ihn nur lang und streng genug ansah, einfach dahinschmelzen würde.

Ich verstand das Problem nicht. Wir hatten den Auftrag bereits in der Tasche und waren nicht spät dran. Genau genommen würden wir höchstwahrscheinlich fünfzehn Minuten zu früh bei der Besprechung ankommen. Trotzdem fuhr Herr Welker so, als seien wir auf der Flucht. Gleichzeitig war er in ein wütendes Stakkatogespräch am Telefon verwickelt. Ich tat so, als würde ich nicht zuhören, weil es um private Angelegenheiten ging, aber es war schwierig, das überzeugend rüberzubringen. Immer wenn ich versuche, beim Autofahren zu lesen, wird mir schlecht, und ich hatte meine Kopfhörer zu Hause liegen gelassen; also blieb mir nur die Strategie, ein Interesse am Wetter vorzutäuschen (es schneite wieder, aber nur leicht) und mit offenen Augen von Hussein zu träumen (der mir gestern Abend seine Telefonnummer gegeben hatte …).

Aus dem, was gesagt wurde, konnte ich schließlich entnehmen, dass sich Herr Welkers Vater in einem kritischen Zustand befinden musste: Er war sehr krank und musste dringend operiert werden. Die Krankenkasse jedoch, repräsentiert von einer genervten Stimme auf Lautsprecher am anderen Ende der Leitung, war nicht gewillt, die Kosten zu übernehmen. Der Satz »die Behandlung ist in Deutschland nicht zugelassen« wurde so oft wiederholt, dass die Person genauso gut eine automatische Ansage hätte sein können. Herr Welker legte schließlich auf und schlug mit seiner Faust gegen das Armaturenbrett.

Ich glaubte, etwas sagen zu müssen. Das Beste, was ich hatte, war: »Es tut mir leid.« Das tat es wirklich.

Zunächst starrte Herr Welker nur verbissen nach vorne, und ich dachte, das Gespräch sei beendet. Aber dann durchbrach er die Stille mit den Worten:

»Er hat Besseres verdient.«

Wir fuhren noch etwa eine weitere Minute, ohne auch nur einen Blick auszutauschen, bevor Herr Welker fortfuhr. Er erzählte mir, dass sein Vater Prostatakrebs im Endstadium hatte und dass es eine Behandlung gab, welche die letzten Wochen erträglicher für ihn machen könnte, aber anscheinend – weil die Operation nicht sein Leben retten würde – hielt man sie für einen »unwirtschaftlichen Gebrauch der begrenzten Mittel der Versicherung«. Ich öffnete und schloss meinen Mund mehrere Male, aber nichts, was ich hätte sagen können, hätte die Dimension der Unmenschlichkeit, welche durch diese Aussage zum Ausdruck gebracht wurde, erfassen können. Herr Welker schaute mich nicht an, und dennoch sah ich, wie seine Gesichtsmuskeln sich entspannten, als verstehe er.

»Wenn wir diesen Auftrag behalten«, fuhr er fort, »muss ich mich nicht mehr mit diesen Idioten abgeben – ich werde die Behandlung einfach selbst bezahlen.«

»Behalten?«, fragte ich zögernd – ich war nicht sicher, ob es angebracht war, das Gespräch von seinem Vater abzulenken.

Herr Welker bremste ab, signalisierte, dass er nach rechts abbiegen würde, schaute dazu über seine rechte Schulter und hielt noch einmal kurz inne, um einen armen, *weißen* Fahrradfahrer anzuschreien, welcher, soweit ich das beurteilen konnte, sowieso Vorfahrt hatte. Dann nahm er das Gespräch mit mir wieder auf. »Anfang der Woche sah es so aus, als würden sie aussteigen, weil ihnen die Pläne meines Architekten nicht gefielen.« Er schüttelte den Kopf. »Natürlich könnte ich sie verklagen«, überlegte er laut, »und ich würde gewinnen.

Aber um ehrlich zu sein, ich habe momentan nicht die Zeit oder die Energie für einen Prozess …«

»Ich verstehe«, nickte ich. Ich strengte mich kolossal an, entspannt auszusehen, aber in Wahrheit wurde Herrn Welkers Fahrstil immer irrationaler und fing an, mir Angst zu machen.

»… aber ich denke Ihre Ideen werden ihnen gefallen«, schloss er. »Wieso?«, fragte ich und sah ihn an.

»Hauptsächlich wegen der Farben …«, antwortete er und gestikulierte wild in Richtung eines weiteren unglückseligen Fahrradfahrers.

Ich zuckte zusammen, als ich an die Farben dachte. Nachdem ich von der Klinik nach Hause kam, entdeckte ich, dass ich einen klitzekleinen Fehler in dem HTML-Code gemacht hatte. Das Resultat war, dass mein Design viel mehr Rot beinhaltete, als ich ursprünglich geplant hatte. Es war höchst bedauerlich, dass sich dieser Fehler zum Höhepunkt meiner Rot-Farbwiedererlangung bemerkbar machte.

»… sie planen ein Luxusbordell«, fügte er beiläufig hinzu, bremste ab und parkte vor einem bürgerlich aussehenden Büroblock. »Ihr Design ist perfekt.«

Ein »Ohh!« entfloh meinem Mund. Es war unbeabsichtigt, aber schonungslos ehrlich. Herr Welker jedoch musste »Wo?« verstanden haben, weil er das Gespräch damit fortsetzte, eine Frage zu beantworten, die ich nicht gestellt hatte.

»Das Gebäude in der Friesenstraße«, murmelte er und lächelte zum ersten Mal an diesem Morgen. »Die verdammte Baugenehmigung ist durch – *endlich.*«

Mein Herz sank. Ein Bordell? Und wie um alles in der Welt

war es mir gelungen zu übersehen, dass es sich um das Gebäude handelte, in dem Frau Bahir lebte? Natürlich konnte
ich auf keinen Fall jemals an so einem Projekt beteiligt sein.

Tag 19

Es schmerzte.

Obwohl ich die Farbe, die an diesem Samstagmorgen zu mir zurückkehren würde, richtig erraten hatte, dachte ich, ich würde damit schon fertig werden. Die letzten beiden Male waren schließlich nicht so schlimm gewesen. Ich wachte unglaublich früh auf, dankbar, dass die Nacht endlich vorbei war. Ich erwartete nicht, dass der Tag viel besser werden würde, also beschloss ich, mich mit einem Strauß meiner Lieblingsblumen zu verwöhnen: rosafarbene Nelken. Anfangs war der Schmerz auszuhalten gewesen und wurde zudem von dem Geruch von Zuckerwatte gemildert. Seltsamerweise hatte ich keinen bestimmten Geschmack, der mit Rosa verbunden war. Gegen Mittag jedoch tat mein ganzer Körper weh, besonders der Bereich um mein Herz herum. Am Ende legte ich die Blumen in das Badezimmerwaschbecken.

Ich hatte mir vorgenommen, Herrn Welker heute zu sagen, dass ich aus dem Grunewaldprojekt aussteigen würde. Ich hatte mich seit über vierundzwanzig Stunden damit herumgequält, nicht offen mit ihm geredet zu haben, als ich die Einzelheiten erfuhr, aber ich hatte – und tat es immer noch – zu sehr unter Schock gestanden. Ich legte meine Hände auf mein Gesicht und ging alles noch mal durch: Die ursprüngliche Projektbeschreibung war tatsächlich für ein 5-Sterne-Hotel gewesen. Herr Welker hatte sich jedoch nicht die Mühe gemacht, mich über die Planänderung auf dem Laufenden zu halten, weil er beschlossen hatte, meine Wohnung zwangsräumen zu lassen und all unsere bestehenden gemeinsamen Projekte abzusagen. Nun befand ich mich in diesem Dilemma, weil meine Arbeit ihn wirklich beeindruckt hatte und die Kunden vollkommen begeistert von meiner Präsentation gewesen waren. Ich konnte auf keinen Fall an diesem Projekt arbeiten, und dennoch wagte ich es nicht, daran zu denken, was für einen Dominoeffekt es haben würde, wenn ich mein Design zurückzog. Ich steckte in der »Egal wie man's macht«-Zwickmühle …

Laut stöhnend trat ich gegen meinen Schreibtisch, was natürlich meinem schmerzenden Fuß überhaupt nicht half und einen Bleistift dazu brachte, herunterzurollen und auf den Boden zu fallen. Ich nahm die Hände von meinem Gesicht und konzentrierte mich eine Weile auf den Bleistift, während ich an all die Besorgungen dachte, die ich hätte machen sollen, all die Briefe, die ich hätte schreiben sollen, all die Anrufe, die ich hätte tätigen sollen … Meine fragmentierten Gedanken rasten ruhelos durch mein Gehirn und jagten einander durch meine Brust, hinunter in meinen Bauch und wieder zurück nach oben. Ich hätte mich meinen Dämonen stellen sollen wie ein Huhn mit Kopf oder so ähnlich, aber alles, was ich jetzt tun wollte, war einfach, meinen Pinsel, ein Skizzenbuch und eine Thermoskanne Kaffee zu nehmen, in ein Museum zu gehen und zu zeichnen. Ich glaube, das habe ich zum letzten Mal getan, als Sam etwa sechs Jahre alt war. Es war in Momenten wie diesen, wenn wir still zusammensaßen und zeichneten oder malten oder Karten spielten, in denen Sam mit ihren genialsten Aussagen kam. Ich vermisste sie sowieso jeden Tag, die ganze Zeit. Aber jetzt war der Schmerz unglaublich.

Wie meine Mum es mit mir getan hatte und zweifelsohne ihre Mum mit ihr, hatte ich gewisse, unsere Herkunft betreffende Weisheiten an meine Tochter weitergegeben. Aber während ich einfach akzeptiert hatte, was auch immer meine Mum mir gesagt hatte, hinterfragte Sam alles. Als meine Mum mich zum Beispiel erstmals informiert hatte, dass wir parthenogenetisch waren, nickte ich einfach weise und schlug das Wort später im Wörterbuch nach. Nicht die schönste Art, von unserem Schicksal zu erfahren, finde ich. Sam und ich waren im Naturkundemuseum und skizzierten Skelette der Neumexikanischen Rennechsen, als ich es ihr sagte. Ihre Antwort war typisch Sam gewesen:

»Partheno-was?«

»Parthenogenetisch«, wiederholte ich geduldig, während ich ihr half, einen Teil ihrer Zeichnung wegzuradieren. »Es bedeutet, dass wir alleine Kinder kriegen – dass unsere Körper so geschaffen wurden, dass sie von ganz alleine schwanger werden.«

Genau genommen ist das vielleicht kein Schicksal, von welchem man auf eine schöne Art erfahren kann. Während ich irgendwie fasziniert von der Aussicht auf Parthenogenese war, als ich davon erfuhr, hatte Sam mich mit den größten Augen angeschaut.

»Warum?!«, hatte sie ausgerufen. »Ich will keine Kinder alleine kriegen! Warum sollte ich das tun müssen?« Ich erinnere mich, dass ich mich damals angegriffen gefühlt habe, in der Annahme, es wäre ein Zeugnis meiner erzieherischen Fähigkeiten, oder was sie davon hielt.

»Es tut mir leid«, antwortete ich schwach. »Es ist Tradition.«

»Mummy …«, sagte sie strahlend nach einigen Minuten, »Traditionen sind alt, oder nicht? Wozu brauchen wir sie?«

»Na ja, sie sind manchmal hilfreich«, argumentierte ich. Aber es war eine schwierig zu beantwortende Frage. »Sie sind wie Richtlinien.«

Sam sah mir direkt ins Gesicht und hörte auf zu zeichnen. »Was ist eine Richtlinie?«, fragte sie.

»So was wie eine Regel«, fügte ich hinzu. »Wir beide, wir sind *Ejis*. Wir gehen keine Partnerschaften ein wie andere Leute. Wir leben nicht einmal mit unseren Müttern, nachdem wir alt genug sind, um selbst eine Tochter zu bekommen. Wir leben einfach allein. Das ist es, was *Ejis* tun.«

»Aber warum Mummy? Wozu soll das gut sein?«

»Nun ja, der springende Punkt ist, dass es nicht gut ist, von irgendwem abhängig zu sein«, antwortete ich nach einigen Minuten. »Genau genommen ist es sogar sehr schlecht für dich. *Ejis*, die zusammenleben, tun einander am Ende immer weh und tun denjenigen, die schwächer sind als sie, schlimme Dinge an.« Ich erfand den letzten Teil, um meinen Standpunkt überzeugend rüberzubringen, und ich war ziemlich

stolz, dass ich auf so einen plausiblen Grund gekommen war. Aber na ja, Sam beeindruckte es offensichtlich nicht.

»Das ist Quatsch«, erwiderte sie scharf. »Wir lieben uns. Wir sollten zusammenleben.« Es war mehr eine Feststellung als eine Meinung. Sie widmete sich wieder dem Zeichnen.

»Nun ja«, dachte ich laut nach, den Gedanken in meinem Kopf herumwälzend, »wir können einander lieben und trotzdem nicht zusammenleben, oder?«

Sam schüttelte geduldig ihren Kopf. »Nein«, sagte sie. »Liebe ist ein Tuwort – nicht nur ein Gefühl.«

Mein Herz schmerzte ein wenig mehr, als ich mich an diesen Dialog erinnerte. Ich wünschte, ich besäße Sams Weisheit oder wenigstens die Gelegenheit sie um Rat zu bitten.

Ich weinte leise, während ich meine Kunstmaterialien zusammenpackte und meinen Kaffee machte und fragte mich wieder mal, was sie wohl gerade tat und ob sie mir jemals verzeihen würde, dass ich sie gezwungen hatte, von zu Hause fortzugehen. Wenn ich nicht ganz so sehr mit mir selbst beschäftigt gewesen wäre, hätte ich mich in dem Moment daran erinnert, dass meine Mum in ihrem Brief Bezug auf genau diese Frage genommen hatte. Ich hatte ihn noch einmal gelesen und noch einmal versucht, seine Bedeutung zu entziffern.

Tag 20

Es glühte.

Ihr Armband war der erste Gegenstand, der mich realisieren ließ, dass mein Gold zurückgekehrt war. Es gab mir ein Gefühl von großer Zufriedenheit, und ich genoss den Geschmack von Zimt, der damit einherging. Sie lächelte herzlich und bat mich mit einer freundlichen Geste herein, wobei sie sich zu einem Rhythmus von Lavendel und Pfefferminz bewegte. Es war eine seltsame Kombination, aber ich mochte es, und instinktiv mochte ich sie. Frau Welker war eine dieser Ausnahmen, welche die Regel bestätigen: eine *weiße* Frau, die in die Zukunft sehen *kann*. Sie bewegte sich vorsichtig, ihre perfekt manikürten Hände leicht vor sich gefaltet und in der ganzen Zeit, in der wir zusammen waren, genau auf jedes Detail achtend. Zum Beispiel beschlugen meine Brillengläser, als ich das Wohnzimmer betrat. Sie war auf diese Eventualität vorbereitet gewesen – sie bot mir sofort ein Taschentuch an. Als sie mich an ihrer Haustür begrüßt hatte, war ich bereits tief beeindruckt gewesen, dass sie sich offensichtlich die Zeit genommen hatte zu lernen, wie man meinen Nachnamen richtig ausspricht. Jetzt, als ich auf ihrem Sofa saß, mit ihr plauderte und dabei einen Kaffee ablehnte, doch nachdem ich noch einmal drüber nachgedacht hatte, ein Mineralwasser annahm und das Familienportrait bewunderte, welches über dem Kamin hing, war ich tief beeindruckt davon, wie wenig voreingenommen sie war. Sie stellte die Art von Fragen, die zeigten, dass sie ernsthaft an meinen Antworten interessiert war. Ich bekam sogar die Gelegenheit über Hussein zu sprechen. Wir saßen nur für zehn Minuten zusammen, höchstens fünfzehn, aber in dieser kurzen Zeit fühlte ich mich mehr gesehen, gehört und respektiert von ihr, als Herr Welker mir je das Gefühl gegeben hatte. Ich muss zugeben, die Worte »Was will sie denn mit so einem?« kreuzten meine Gedanken mehr als nur einmal.

Herr Welker war das komplette Gegenteil von ihr. Während unserer Jahre der Zusammenarbeit hatte ich gelernt, ihn liebevoll als Fisch zu betrachten, der nicht realisiert, dass das Wasser nass ist. »Manchmal …«, dachte ich mir in stilleren Momenten, »muss man sie einfach liebhaben.« Die dreiste Naivität, die Männer wie er an den Tag legen, bringt sie schließlich weit im Leben. Er hielt sich selbst für einen »Selfmademan« – mit anderen Worten, er hatte keinen Reichtum von seinen Eltern geerbt und nicht in der Staatslotterie gewonnen, aber in seinem Erwachsenenleben »selbständig« ein ganz schönes Imperium aufgebaut. Man konnte mit ziemlicher Sicherheit annehmen, dass er und Frau Welker keine finanziellen Sorgen hatten. Nun ja, wenn man die Operation seines Vaters nicht dazuzählte.

Er entschuldigte sich nicht bei mir, als er das Wohnzimmer betrat. Obwohl er meiner Bitte, sich an diesem Morgen mit mir zu treffen, zugestimmt und die Zeit sowie auch den Ort festgelegt hatte, fand er es immer noch mehr als lästig, dass ich irgendein belangloses Problem mit ihm diskutieren wollte und damit nicht bis Montag warten konnte. Ich war überrascht zu sehen, wie er einen kurzen Moment stehen blieb, um Frau Welker liebevoll zu küssen, als er an ihr vorbeilief. Auf die Lippen! Ich hatte ihn niemals auch nur ansatzweise für ein zärtliches Wesen gehalten, geschweige denn einen sexuell aktiven Mann, obwohl ich wusste, dass er Kinder hatte (tatsächlich hatte ich mich immer insgeheim gefragt, ob sie adoptiert waren). Wie dem auch sei, klar war, dass ich falschgelegen hatte. Herr und Frau Welker hatten offenbar immer noch eine innige, einfühlsame Beziehung. Für den Bruchteil einer Sekunde stellte ich mir vor, wie es sich anfühlen würde, wenn Hussein meine Taille genauso umschlingen würde wie Herr Welker die seiner Frau.

Frau Welker entschuldigte sich und verließ den Raum. Herr Welker setzte sich mir gegenüber; der Zimtgeschmack seiner goldenen Uhr lenkte mich nur einen kurzen Moment ab.

»Okay«, seufzte er und bediente sich am Weihnachtsstollen, »her mit der Schlagzeile!«

Und so war der Moment gekommen.

Ich hatte gestern den ganzen Tag darüber nachgedacht und mir ausgemalt, wie es werden würde. Ich hatte den Hörer so viele Male in die Hand genommen, dass ich am Ende nicht mehr mitzählen konnte. Ich hatte fünf ausschweifende E-Mails entworfen und sie alle gelöscht. Am Ende, um zweiundzwanzig Uhr, schickte ich ihm eine einzeilige SMS, die lediglich besagte, dass ich ihn dringend sehen musste. Um Mitternacht übergab ich mich in der Toilette, weil der Gedanke an eben diesen Augenblick, mit dem ich jetzt konfrontiert war, mir so große Angst gemacht hatte. Den ganzen Morgen war es mir gelungen zu vermeiden, zu sehr daran zu denken, und ich vergaß es sogar völlig, während ich mit Frau Welker sprach. Und jetzt war es so weit.

Ich hatte einen Satz für diesen Anlass formuliert: Ich nannte ihn »den Satz ohne ein Zurück«. Sobald dieser Satz raus war, konnte er, komme was wolle, nicht zurückgenommen werden. Unabhängig davon, wer sprach oder was sie sagten, der Rest des Gesprächs wäre schlicht und einfach dazu da, diesen ersten Satz zu bestätigen. Also fasste ich meinen ganzen Mut und legte los.

»Herr Welker«, begann ich, aber meine Stimme zitterte, also räusperte ich mich und fing noch mal von vorne an. »Herr Welker, ich ziehe mein Design von dem Grunewaldprojekt zurück.« Schweigend legte ich den Briefumschlag mit der Rücktrittserklärung, die ich geschrieben hatte, auf den Couchtisch und wartete auf die Lawine – welche, seinem Gesichtsausdruck nach zu urteilen, nur Sekunden entfernt war.

Tag 21

Es strahlte.

Unzählige Empfindungen breiteten sich in meinem Schlafzimmer aus, und der enthüllte Spiegel sang. Es kam völlig überraschend: Zum ersten Mal in meinem Leben konnte ich Farben hören. Mein Körper zitterte, als die einst vertrauten Blau- und Gelb-, Grün- und Rottöne um mich herum vibrierten. Der süßliche und zarte Geruch von Vanille sprang zwischen meinem Spiegelbild und allen anderen Gegenständen in meinem Zimmer hin und her. Zeitweilig konnte ich kaum sehen, weil mir ständig Tränen in die Augen stiegen und gelegentlich die Barriere, die meine unteren Wimpern bildeten, durchbrachen und meine Wangen herunterrollten. Ab und zu wischte ich mir die Augen und erlebte wieder die satinähnliche Beschaffenheit meiner handschuhfreien Fingerspitzen und die intensive Geschmackskombination aus Pecannüssen, Pilzen und Ingwer, die auf meine Zunge traf.

Gestern Nacht, in Vorbereitung auf die Rückkehr meines Brauns, hatte ich den Spiegel auf einen Stuhl in der Mitte meines Zimmers gestellt. Ich stand nun davor: nackt und mit Gänsehaut, aber ganz und gar verzaubert. Das neue Ich war sowohl angsteinflößend als auch faszinierend. Ich zitterte irgendwo zwischen Ekstase und Verzweiflung, als meine Un-

gewissheit mich an den hintersten Rand von allem, woran ich vorher geglaubt hatte drängte. Hier stand ich nun, mit neuen metaphorischen Flügeln und einer unstillbaren Sehnsucht zu springen – ohne zu wissen, ob sie mich tragen oder versagen würden. Und dann kam Hussein wieder an die Vorderfront meiner Gedanken – mittlerweile begleitete er mich Tag und Nacht. Ich reflektierte mindestens zweimal über alles, was ich tat: »Was dachte ich?« und »Was würde er denken?« Obwohl ich seine Nummer gelöscht und versucht hatte, ihn aus meinem Gedächtnis zu verdrängen, stahl er sich immer wieder hinein. Da war ich also: auf Zehenspitzen um meine neue Perspektive von mir selbst herumtänzelnd und mich fragend, ob Hussein möglicherweise jemals sehen könnte, was ich jetzt sah?

»… *allein leben* …«

War ich bereit, alles zu riskieren, um es ihm zu zeigen?

»… *allein lieben* …«

Hatte ich nicht ohnehin schon alles verloren?

»… *allein sterben* …«

Und der Boden schwankte ein wenig mehr …

Der Wutanfall von Herrn Welker gestern hatte eine tiefe Wunde in mir zurückgelassen. Als ich sein Haus gestern Morgen verließ, schluchzte ich hemmungslos. Er hatte so heftig geschrien, dass die Adern an seinen Schläfen hervorgetreten waren und die Kronleuchter angefangen hatten zu beben. Frau Welker war zurück ins Wohnzimmer gerannt, um herauszufinden, was vor sich ging. In diesem Moment ergriff ich die Chance, zu flüchten. Ich sah sie nicht einmal an: Meine

Augenlider waren zu schwer von dem bloßen Gewicht der Scham und der Verletzung. Sie holte mich auf der Straße ein und überredete mich, mit ihr an der Bushaltestelle zu sitzen. Wir sprachen stundenlang über Sexarbeit: dass sie fand, dass Frauen ein Recht darauf hatten, zu wählen; dass sie, wenn sie beschlossen hatten in einem Bordell zu arbeiten, es verdienten, die allerbesten nur möglichen Arbeitsbedingungen zu haben. Und dass ich fand, dass es kein anderes Gewerbe gab, in dem eine Frau verletzbarer und abhängiger von Männern war, als die Sexindustrie. Dass sich jede einzelne Faser meines Wesens gegen das ganze Konzept sträubte. Sie überredete mich trotzdem – sie gewann meine Zustimmung mit ihren sanften rhetorischen Fähigkeiten und dem geduldigen Auseinandernehmen jedes meiner Argumente. Und das war der Grund, warum ich bis tief in die Nacht geweint hatte, während ich meinem Plan den letzten Schliff gab.

Ich gehörte hier nicht mehr her: Mein Mund hatte »ja« gesagt, aber mein Herz sagte immer noch »nein«. Jetzt wartete mein kleiner Rucksack geduldig im Flur neben der Eingangstür. In der Tat war alles um mich herum – inklusive der Zeit selber – stehengeblieben, um diesen bittersüßen Moment mit mir zu zelebrieren: die Rückkehr meines Brauns und den Verlust jeglicher Hoffnung. Und der Spiegel sang weiter.

Das sich wiederholende Signal meines Handys drang zu meiner braunen Symphonie durch. Ich zog in Betracht, es zu ignorieren, aber ein kurzer Blick auf das Display zeigte, dass es Frau Bahir war. Wenn ausgerechnet sie anrief, musste es sich um etwas Wichtiges handeln. Und sie war der einzige

Mensch, dem ich wirklich persönlich auf Wiedersehen sagen wollte.

»Guten Morgen, Cee!«, stieß sie hervor. Ihre Stimme strahlte durch den Hörer. Sie war offensichtlich kurz davor, mir gute Neuigkeiten mitzuteilen.

»Guten Mo–«, setzte ich an, aber ich konnte mich selbst kaum reden hören, die Melodien der Brauntöne waren so laut. Ich schloss meine Augen und versuchte, sie noch mal zu begrüßen, aber die Lautstärke war immer noch zu hoch. Ich versuchte, meine Stimme zu heben: »Guten Morgen!«, brüllte ich. Die Melodien machten mich beinahe taub.

»Warum schreien Sie?«, fragte Frau Bahir.

Ich öffnete und schloss meinen Mund mehrere Male, aber es gab keine Änderung. Mehr aus Verzweiflung als sonst etwas flüsterte ich vor mich hin: »Was soll ich sonst machen?«

Fast umgehend reduzierte sich der orchestrale Lärm der Musik, der durch den Raum hallte, zu einem sanften, wiegenliedähnlichen Geplänkel.

»Cee?« Frau Bahirs Freude war mittlerweile Sorge gewichen. »Geht es Ihnen gut?«

»Ja, mir geht es wirklich gut«, flüsterte ich und fühlte mich von Ehrfurcht erfüllt und ermutigt von der sanften Hintergrundmusik. »Können Sie mich hören?«

»So gerade eben …«, antwortete Frau Bahir zögernd.

»Es geht mir wirklich gut«, versicherte ich ihr, immer noch flüsternd. »Ich bin … na ja … Sie haben mich angerufen. Wie kann ich Ihnen helfen?«

»Ich hatte gehofft, dass Sie vielleicht Zeit für einen spontanen Kaffee hätten …«, sie hörte sich wieder begeistert an. »Ich kann zu Ihnen kommen, wenn das einfacher wäre.« Sie kicherte kurz, bevor sie fortfuhr. »Ich habe gerade wunderbare Neuigkeiten erhalten, und Sie sind die perfekte Person, um das mit mir zu feiern …«

Ich war neugierig. Obwohl ich einen Termin mit dem selbst arrangierten Schicksal hatte, wusste ich auch, dass es absolut in Ordnung wäre, mich, bevor ich ging, mit Frau Bahir zu treffen. Jedoch wollte ich nicht, dass sich Frau Bahir die Stufen zu meiner Wohnung im dritten Stock hochquälen musste.

»Das klingt wunderbar!«, flüsterte ich wieder. »Aber lassen Sie mich zu Ihnen kommen …«

Tag 22

Heute dachte ich überwiegend an die Vergangenheit.

Sam hat mich genau vor zweiundfünfzig Dienstagen verlassen. Das ist ein Jahr, oder nicht?

Als ich das Haus meiner Mum verließ, war das ein trauriger, aber im Grunde genommen undramatischer Anlass. Mein Zimmer bei ihr zu Hause war bereits komplett leer, und für die letzten beiden Nächte, bevor ich offiziell auszog, hatte ich mit meiner Mum in ihrem Bett geschlafen. All meine irdischen Güter waren bereits in meiner neuen Wohnung – im Bus nur zwanzig Minuten entfernt, aber in der Tradition irgendwo zwischen *Jenseits von weit* und *Für immer unerreichbar* und *Absolut verboten*. Als ich zum letzten Mal aus dem Haus meiner Mum ging, konnte ich nichts hören. Ich bin nicht sicher, was sie durchmachte, aber in dem Moment, in dem ich ein Beben in der Luft spürte – und nur in diesem Moment –, existierte kein einziger Laut. In den Wochen, bevor ich fortging, hörte ich meine Gedanken zwar, doch ich behielt sie größtenteils einfach für mich. Ich hatte ihr nicht gesagt, wie viel Angst ich vor diesem letzten Schritt hatte, dass sie mein Anker in einer turbulenten Welt war. Dort, wo wir lebten, hatte es keine Literatur, keine Filme, keine Zeitungen, keine Fernsehdokumentationen, keine U-Bahnwerbungen,

nicht einmal irgendwelche Skizzen oder unvollständige Notizen gegeben, welche auf unsere Existenz hindeuteten. An einem Ort, wo ich Gefahr lief, als eine Serie von »nichts« aufzuwachsen, hatte meine Mum mich großgezogen, bestätigt, raffiniert und reflektiert. Sie hatte Lieder über unsere Historie gesungen und Geschichten über unsere Schönheit erzählt. Sie war es und nur sie, welche mir das Vokabular und die Vision gegeben hatte, mich selbst zu beschreiben. Ja, wir stritten viel, aber das nur, weil wir einander so viel bedeuteten. Ich verließ mich darauf, dass sie all dies bereits wusste. Also hielt ich meinen Atem an, als wir uns verabschiedeten, und ich vergab ihr dafür, dass sie ein wenig an mir vorbeischaute, als sie die Tür schloss. Ich schickte ihr meine erste SMS, sobald ich um die Ecke ging.

Bei ihrem Abschied hatte Sam nicht fair gespielt.

Sie hatte nichts vorbereitet und sich kategorisch geweigert, zu gehen. In den letzten Wochen bevor sie ging, verzweifelte ich immer, wenn ich mich in ihrem Zimmer umsah. Ihre Fotografien und Poster waren trotzig an ihre Wand gepinnt. Ihr Schreibtisch war übersät mit allen Geschenken, die ich ihr je gegeben hatte, sowie einer Anzahl von Geschenken, die sie noch für mich vorbereitete. Sie hatte sogar angefangen, Kletterpflanzen auf ihrem Balkon wachsen zu lassen. Irgendwann hörte ich auf, sie darauf anzusprechen, und traf die Vorbereitungen einfach allein. Ich hatte mir selbst eingeredet zu glauben, sie würde sogar dankbar sein, dass ich es ihr abgenommen hatte. Mit dem Vorteil der nachträglichen Einsicht kann ich jetzt sehen, warum sie so schockiert war, als sie erstmals ihr leeres Zimmer sah, nachdem sie triumphierend von ihrem letzten Schultag nach Hause kam. Ich hatte sogar die Wände weiß gestrichen. Sie stand mehrere Minuten lang sprachlos in der Tür, ihren Kopf an den Türrahmen gelehnt, ihre Arme schlaff an ihrer Seite herabhängend. Meiner Meinung nach war dies kein geeigneter Moment, um herumzustehen – das Taxi, welches ich bestellt hatte, um sie abzuholen, wartete unten. Ich ermunterte sie dazu, ihre Jacke anzuziehen. Sie reagierte zuerst nicht, aber ich drohte ihr. Ich kann mich jetzt nicht mehr genau erinnern, was ich damals gesagt habe, aber ehrlich gesagt, macht es mir Angst, dass es mir irgendwie gelungen ist, ein Kind zu zwingen, etwas gegen seinen eigenen Willen zu tun, wenn es sowieso drauf und dran war, alles zu verlieren, was ihm etwas bedeutete. Die allerletzten Worte, die sie zu mir sagte, waren: »Warum tust du das?« Und seit diesem Moment, jeden Dienstagmorgen seit zweiundfünfzig Wochen, habe ich erfolglos versucht, eine angemessene Antwort auf diese Frage zu finden.

Gestern gab ich zum ersten Mal in meinem Leben zu, dass ich einsam war. Das war eins der mutigsten Dinge, die ich je getan hatte. Und es war nur, weil Frau Bahir zuerst mit mir ehrlich gewesen war. Und auch, weil ich dachte, dass ich mich danach auf eine Reise ohne Wiederkehr machen würde. Ich saß in ihrem Wohnzimmer, umklammerte meinen kleinen Rucksack und wartete darauf, dass mein Pfefferminztee abkühlte. Sie nickte verständnisvoll, und ich war erleichtert, dass sie mich nicht fragte, warum ich flüsterte. »Die meisten Menschen sind es«, sagte sie. »Und um diese Jahreszeit … wenn alle scheinbar frisch verliebt oder bei ihren Familien sind …«, ihre Stimme ließ nach und löste sich irgendwann in Luft auf – ein wenig wie der Dampf, der von meiner Tasse aufstieg.

»Mir macht es nicht so viel aus, an Weihnachten allein zu sein«, fügte ich hinzu. »Ich habe gelesen, dass manche Menschen gezwungen sind, Zeit mit ihren Familien zu verbringen, selbst wenn sie es nicht wollen …«

»Einige attackieren sich sogar am Ende gegenseitig!«, warf Frau Bahir ein.

»Ich weiß!«, fuhr ich fort. »Es ist schwierig, sich vorzustellen, wie Menschen, die sich angeblich lieben, einander so behandeln.«

»Aber andererseits, wenn man darüber nachdenkt, macht es vollkommen Sinn.« Frau Bahir hielt inne, um sich an den Beinen zu kratzen. »Ich denke es ist so«, fuhr sie fort, »wenn eine Person dich liebt, weiß sie, wie sie dich verletzten kann. Für die meisten Menschen ist die Versuchung einfach zu groß …«

»Das ist mir auch klargeworden«, antwortete ich. »Deshalb lasse ich mich nicht auf Liebe ein.« Ich tat so, als würde ich mein Herz verschließen und den Schlüssel wegwerfen. Ich kicherte verhalten, während ich das tat, machte aber dadurch keiner von uns etwas vor.

Frau Bahir lachelte. »Netter Versuch!«, sagte sie nach einigen Minuten. »Sie haben diese Entscheidung getroffen, aber sie leiden immer noch.«

»Aber ich leide nicht *so sehr*«, gab ich ein wenig zu schnell zurück.

Das brachte sie dazu laut zu lachen. »Ich sollte das auf ein T-Shirt drucken!«, lachte sie in sich hinein.

Ich fühlte mich verletzt.

»Cee«, sagte sie sanft, als sie bemerkte, dass meine Unterlippe jetzt ein wenig vorgeschoben war, »wir balancieren in gewisser Weise immer unsere Leben irgendwo zwischen Schmerz und Freude. Wir wissen nicht wirklich, was das eine ist, bevor wir das andere gekostet haben.« Ich hörte ihr weiterhin zu, aber ich musste mich plötzlich sehr stark darauf konzentrieren, mein Getränk gleichzeitig umzurühren. Es schien, als ob ich, wenn ich mich nicht fest an dem Teelöffel festhielt, Gefahr lief, von meinem Stuhl herunterzufallen.

»Es geht nicht darum, dass wir immer zu hundert Prozent glücklich sein müssen«, fuhr sie fort. »Wie solltest du wissen können, was Freude ist, wenn du immer glücklich wärst?« Sie hielt inne, aber ich sagte nichts. Ich konzentrierte mich immer noch. »Es geht darum, die negativen Dinge auf eine Art und Weise zu bewältigen, die Raum für die positiven Dinge schafft. Und sich immer wieder vor Augen zu halten, dass das Pendel in beide Richtungen schwingt. Alles vergeht mit der Zeit.«

Je mehr ich Frau Bahirs Worte durchdachte, umso mehr schien es, als sei das Schicksal, mit welchem ich eine Verabredung hatte, das falsche …

Ich wechselte das Thema.

»Und die guten Neuigkeiten?«, flüsterte ich, ein Lächeln aufsetzend. Frau Bahir strahlte. Sie erzählte mir von einer renommierten Auszeichnung, für die sie nominiert worden war, und dass, weil die Preisverleihung im Ausland stattfand und sie eingeladen worden war, daran teilzunehmen, die Wahrscheinlichkeit, dass sie gewinnen würde, sehr hoch war – »*Inshallah* ...«, lächelte sie zurückhaltend.

»Wow, cool!«, stieß ich hervor. »Vergessen Sie mich ja nicht, wenn Sie reich und berühmt sind«, scherzte ich, wobei ich sie umarmte.

»Ganz im Gegenteil ...«, antwortete Frau Bahir. »Ich wollte Sie fragen, ob Sie Ende Januar und Anfang Februar noch Kapazitäten haben. Ich würde gerne mit Ihnen an einem Buchprojekt arbeiten ...«

Frau Bahir bemerkte nicht sofort, dass ich meinen Kopf seit dem Wort »Kapazitäten« geschüttelt hatte.

»Es tut mir leid«, flüsterte ich. »Ich mache kein Grafikdesign mehr.« Frau Bahir sah mich entsetzt an und setzte ihre Tasse ab. »Was?«, stieß sie hervor »Seit wann?!«

»Nun ja ...«, stammelte ich und realisierte, dass ich das hätte besser durchdenken sollen. »Ich habe es gerade beschlossen ...«

»Warum?«

Meine Gedanken wanderten zu meiner Mum und Sam und Herrn Welker und schließlich zu Hussein. All diese Dinge waren zu emotional, zu verstrickt für eine kurze höfliche Antwort. »Ich gehe weg«, teilte ich ihr mit.

Frau Bahir musterte mich misstrauisch. »Wohin ...?«, fragte sie.

Ich hatte nicht vorhergesehen, dass das Gespräch so verlaufen würde, und ich wünschte, ich hätte meine ursprüngliche Antwort anders formuliert.

»Frau Bahir, ich habe einige Fehler gemacht«, sagte ich schließlich.

»Na und, haben Sie sich entschuldigt?«

Ich dachte an Herrn Welker und den Zorn in seinen Augen. Ich dachte an den Frust, den er zum Ausdruck gebracht hatte, dass ich, unter anderem, die Präsentation vor den Klienten gemacht hatte, nur um dann etwas über achtundvierzig Stunden später einen Rückzieher zu machen. Ich stimmte ihm nun zu und bedauerte, dass ich nicht einfach nein gesagt hatte, sobald mir die Einzelheiten klargeworden waren.

»Ich glaube, die Person würde nicht …«

»Ich meine nicht die«, unterbrach sie. »Ich meine Sie. Haben Sie sich bei sich selbst entschuldigt? Und haben Sie sich selbst vergeben?«

Natürlich hatte ich das nicht getan. Ich antwortete nicht. Die Frage schien sowieso rhetorisch zu sein.

»Was auch immer Sie tun, Cee«, waren die Worte, die Frau Bahir mir mit auf den Weg gab, »vergeben Sie sich selbst. Wir alle machen Fehler.« Sie drückte meine Schultern ein letztes Mal, bevor ich ging.

Jetzt, mehrere Stunden später, auf der Brücke stehend, schwebten Frau Bahirs Worte in perfekter Harmonie mit meinem Soundtrack aus Blau- und Grautönen um mich herum. Ich sah den Fluss einige Meter unter meinen Füßen fließen. Das Wasser rief mich, und ich geriet in Versuchung, aber am Ende beschloss ich, dass das Schicksal warten konnte. Ich legte mich auf den Betonboden und schlief schließlich ein, mit meinem getreuen Rucksack als Kissen.

Tag 23

Heute dachte ich überwiegend an die Zukunft.

Während ich gestern Nacht schlief, schwebte meine Mum über mich hinweg, ließ meinen Körper mit ihrem Geist erstrahlen und hob mich ein wenig empor. Mir wurde sofort wärmer, und ich fühlte mich von ihr gehalten. Ich wünschte, ich hätte für immer in diesem Zustand verweilen können. Obwohl ich schlief, wusste ich, dass sie bei mir war, und außerdem realisierte ich, dass sie auf dem Weg in die nächste Ebene war. Da war keine Trauer, stattdessen fühlte es sich so an, als sei das letzte Teil eines Puzzles endlich an der richtigen Stelle: Alles war, wie es sein sollte. Sie stellte mir eine Frage, aber nicht mit ihrer Stimme (ich weiß jetzt, dass dies ihr Abschiedsgeschenk an mich war). Wir kommunizierten auf einer Ebene, die über Polysinn hinausging. Es war eher wie Wellen: Sätze bildeten sich, rollten, nahmen Geschwindigkeit auf und nahmen an Volumen zu, bevor sie schließlich am gegenüberliegenden Ufer zerschellten. Auf diese Weise erreichte mich ihre erste Frage: »Wie entscheidest du dich?«

Die Frage überraschte mich. Ich hatte nie das Gefühl gehabt, eine Wahl zu haben, da ich immer an Tradition und Brauch gekettet gewesen war.

Die nächste Welle brachte die Antwort meiner Mum.

»Charlie – du hast immer eine Wahl gehabt. Manchmal hast du es nur nicht gesehen.«

Dieser Aussage folgte eine Welle der Wut. Ich hatte mein ganzes Leben damit verbracht, mich ihr strikt zu fügen. Ich war allem gefolgt, was sie mir vorgelebt hatte, ich hatte alles getan, was sie mir gesagt hatte zu tun … Sofort spülte die Wahrheit der »Auch das war eine Wahl«-Welle über mich hinweg.

Minuten vergingen, in denen ich über ein Leben versäumter Gelegenheiten und Missverständnisse reflektierte. Ich fühlte mich bestraft und ungerecht beurteilt. Frust zehrte an mir. Es war schmerzhaft zu realisieren, wie viele der metaphorischen Schlingen um meinen Hals ich aktiv ganz allein festgezogen hatte. Meine Mum wiegte mich ein weiteres Mal durch die »Wie entscheidest du dich?«-Welle. An dieser Stelle kringelte ich mich in die Embryonalhaltung und fing an zu weinen. Mein innerer Soundtrack passte sich dementsprechend an …

Welle um donnernde Welle zerschellte daraufhin an den Ufern meiner Mum: wie leer und verletzt sich mein Herz von dem Vertrauensverlust anfühlte; wie offen und empfindlich die Wunde noch war an der Stelle, an der ich von der Seite meiner Mum gerissen worden war; wie unbedeutend meine Ziele geworden waren, seitdem Sam aus meinem Leben hinausgesogen wurde; wie rissig und brennend meine Haut, ausgetrocknet nach Jahren, in denen sie nicht oder kaum berührt wurde; niemanden zum Halten oder gehalten zu werden, niemanden … keinen … nichts … Woge um Woge … meine

Mum streichelte mich einfach, bis sie endlich nachließen, bis ich nicht mehr weinen konnte … Einfache kleine »Ich bin nicht stark genug, es allein zu schaffen«-Wellen kitzelten nun wieder und wieder ihre Zehen. Ich wollte einfach, dass es – all dies – ein Ende nahm. Ich wollte mit meiner Mum gehen.

Sie lächelte und sagte für gefühlte mehrere Jahre nichts. Während dieser Zeit drangen Momente der Klarheit in mein Bewusstsein vor, strahlend wie Sonnenlicht, das durch Wolken bricht. Ich erinnerte mich daran, wie oft meine Mum mir von dem Zusammenhang zwischen Verlust und Gewinn erzählt hatte. Ich erinnerte mich an Husseins dankbaren Gang. Ich erinnerte mich, dass meine Mum nicht immer geflüstert hatte. Ich erinnerte mich an eine Fotografie meiner Grandma Vic, der Frau, die an dem Tag starb, an dem ich geboren wurde. Verlust und Gewinn. Ich erinnere mich, dass meine Mum mir immer gesagt hatte, dass meine Farben verschwinden würden, aber dass etwas anderes sie ersetzen würde. Und dass man dies auf alle Dinge anwenden konnte: Verlust und Gewinn. Auch sie war im Begriff zu gehen. Also was oder wen würde ich gewinnen?

Ich erinnere mich nicht, dass meine Mum mich jemals in meinem ganzen Leben geküsst hatte. Aber sie musste es wohl getan haben, denn als sie mich jetzt küsste, fühlte es sich so wohlbekannt, so vertraut, so passend an. Es wärmte die Stelle an meiner Stirn, die von ihren Lippen berührt worden war. Da wusste ich, dass es für mich noch nicht an der Zeit war, mich meinen Ahnen anzuschließen. Und dann verblasste sie langsam. Und dann war sie weg.

Als ich heute Morgen auf der Brücke aufwachte, bemerkte ich sofort, dass es in der Nacht geschneit hatte. Der Schnee hatte sich ganz um mich herum angehäuft und war etwa einen Zentimeter tief. Ganz um mich herum, aber nicht eine einzige Flocke auf mir oder innerhalb eines Radius von fünf Zentimetern um meinen Körper herum.

…

Ich saß in dem abgewrackten kleinen Imbiss mit der unfreundlichen Berliner Bedienung und las noch einmal den verschlüsselten Teil des Briefes meiner Mum; der Teil, der sich auf Sam bezog und dessen Bedeutung sich mir immer noch nicht erschloss. Ich ignorierte die Kellnerin, welche ihre Augenbrauen hochzog, als ich meinen dritten Veggieburger mit Pommes bestellte. Was sollte ich sonst tun, wenn ich seit vierundzwanzig Stunden nicht gegessen hatte? Offensichtlich besaß sie nicht die Fähigkeit, in die Zukunft zu schauen – oder möglicherweise, philosophierte ich weiter, besaß sie sie einfach nicht zum gegenwärtigen Zeitpunkt. Möglicherweise war es eine Fähigkeit, die kommen und gehen konnte? Wie Hunger oder Läuse oder Herzschmerz? Und dann verspürte ich einen Stich, als ich wieder an Hussein dachte.

Meine verdammte Mum.

Ja, ruhe in Frieden und so weiter, aber ernsthaft – gestern Nacht? Was sollte die ganze weise und mystische Scheiße?

Ich dachte jetzt an das eine Mal, als ich all meinen Mut zusammengefasst hatte, um ihr zu erzählen, dass ich mich in jemanden verliebt hatte. Ich glaube, ich war sechzehn oder so.

»Hmmm …«, war ihre Antwort gewesen. Sie hatte sich

nicht mal die Mühe gemacht, von ihrem Buch aufzuschauen. Sie liebte es eben zu lesen.

»… in einen *Mann*!«, fügte ich theatralisch hinzu. Wenn ich schon auspacken würde, dann richtig.

»Ja«, gähnte sie. »Das hatte ich auch mal …« Sie blätterte eine Seite um und fuhr mit dem Lesen fort. Das Sonnenlicht brachte ihr tiefschwarzes Haar zum Leuchten und reflektierte einzelne graue Haare hier und da, als seien sie aus einem diamantenen Garn gesponnen.

»Wirklich?!«, stieß ich hervor.

Sie sah endlich auf und studierte eingehend meinen erwartungsvollen Ausdruck über den Rand ihrer Lesebrille hinweg. »O Charlie, ich bitte dich!«, seufzte sie. »Es wird vorübergehen. Vertrau mir.« Sie widmete sich wieder dem Lesen, bevor sie hinzufügte: »Am Ende wurde mir klar, dass es Verstopfung war. Ich ging zur Toilette, drückte ein wenig, und dann war alles wieder gut.«

Ich lachte in mich hinein – die Kellnerin sah wieder zu mir herüber, aber das war mir egal. *Ich entschied mich dafür!* Dann konzentrierte ich mich wieder auf die Zukunft. Was würde ich entscheiden, wie diese werden sollte?

Tag 24

Heute denke ich überwiegend an die Gegenwart.

Ich laufe zur Post, und es regnet. Ich halte meinen Kopf hoch und genieße es einfach, wie die Tropfen mein Gesicht kitzeln. Die meisten Menschen, an denen ich vorbeilaufe, sind tief in Gedanken; manche klammern sich an ihre Einkäufe und weichen aus, um nicht mit Kinderwagen zusammenzustoßen, manche rauchen und hoffen, dass sie ihre letzten Weihnachtsbäume verkaufen, bevor es dunkel wird. Diejenigen, die am glücklichsten aussehen, die Leute, denen der kleine autonome Supermarkt neben der Drogerie auf der Zossener Straße gehört, scheinen Weihnachten gar nicht zu feiern. Ab und zu kreuzt sich mein Blick mit jemandem, und wir stellen eine Verbindung zueinander her. Es ist ein besonderer Moment, der kurzweilig einen köstlichen Regenbogen erscheinen lässt. Dann trennen sich unsere beiden Wege, jede_r ein kleines bisschen glücklicher als vorher – und all das in einer Zeitspanne von fünf Sekunden. Ein junges Mädchen entschuldigt sich bei mir, und ihre Wangen fangen an zu leuchten, als ich ihren Regenschirm aus meinen Haaren befreie. Aber es macht mir nichts aus, und ich sage ihr, dass sie es einfach vergessen soll. Vielleicht ist es das, was sie weihnachtliche Stimmung nennen …

Auf der gegenüberliegenden Straßenseite sehe ich, wie Hussein gerade auf den Friedhof geht. Glücklicherweise hat er mich nicht gesehen. Ich weiß jedoch von Frau Bahir, dass er mehr als einmal nach mir gefragt hat, seit dem letzten Mal, als wir uns gesehen haben. Ich ziehe in Erwägung, ihm auf den Friedhof zu folgen, aber ich beschließe schnell, dass ich noch nicht ganz bereit dazu bin – allein der Gedanke daran bringt mich dazu, meinen Kopf zu schütteln. Aber ich lächle, während ich das tue … Ich bin bereits zu dem Schluss gekommen, dass die Risiken, die damit verknüpft sind, ihn auf einen Kaffee oder so zu treffen, nicht so hoch sein können. Meine Mum hat schließlich Ghana verlassen und keine *Ejis* hatte das je zuvor getan. Und die Welt war auch nicht in sich zusammengefallen in den Tagen, seitdem ich zwei Nächte im Krankenhaus verbracht hatte. In der Tat, je mehr ich darüber nachdachte, desto mehr freundete ich mich mit der Idee an, mir selbst zu erlauben, anderen zu vertrauen. Ich hatte sogar beschlossen, dass ich Herrn Welker nächste Woche mailen würde. Ich bin schließlich immer noch seine fleißigste Kollegin. Aber ich möchte mir nicht um meine Arbeit oder Geld oder sonst was in diese Richtung Gedanken machen, bis es so weit ist. Im Moment genieße ich einfach die Tatsache, dass ich immer noch ein Dach über dem Kopf habe, Geld auf der Bank und Lebensmittel in meinem Kühlschrank … Manche von uns haben nicht einmal das. Dies wird mein allererstes Weihnachtsfest der Klarheit sein.

Ich laufe weiter und drücke den Brief, den ich an Sam geschrieben habe, fest an mich. Es ist ein seltsames Gefühl, zu wissen, dass die Worte, die in diesem Umschlag enthalten sind, möglicherweise den Verlauf unserer Beziehung ändern könnten. Im Grunde handelt es sich nur um einige Bewegungen auf einem Blatt Papier, an denen ein Stift, ein paar Linien und Schnörkel aus Tinte, ein paar Falten beteiligt sind – aber drei Tage später könnte ich meine Tochter wieder im Arm halten. Das wäre magisch. Und mein Herz, welches bereits angeschwollen war vor Stolz und Liebe für ihr neugeborenes Baby, füllte sich noch ein wenig mehr.

Ich erreiche die Post und drücke gegen die Tür, auf der »Ziehen« draufsteht – wieder mal. Innerlich verdrehe ich die Augen. Ich werde es lernen, sage ich mir selbst. Für all diese Dinge habe ich immer noch Zeit. Ich werde es einfach langsam angehen lassen – Tag für Tag …

* * *

Danksagung

»Synchronicity« habe ich kurz vor Weihnachten 2013 geschrieben. Es war als irgendetwas zwischen Adventsgeschenk und Experiment gedacht. Beginnend am 1. Dezember schickte ich 24 Freund_innen jeden Tag bis zum 24. Dezember eine Folge per Mail. Beim Schreiben während der ersten Tage plante ich, dass jede Folge etwa 250 Wörter lang werden sollte. Aber am Schluss habe ich zwischen 800 und 1000 Wörtern täglich geschrieben. Das hat mich selber gewundert, denn eigentlich sollte die Geschichte kurz und lustig werden. Eine Adventsgeschichte eben. Warum wurde sie jetzt tiefgreifender?

Erstens ist Weihnachten gar kein so leichtes Thema. Es ist bekanntlich das Fest der Familie schlechthin. Doch ich kenne inzwischen sehr viele Menschen, die jedes Jahr vor der Frage stehen, wo sie Weihnachten verbringen sollen_können. Es ist keine Ausnahme mehr, Weihnachten alleine verbringen zu wollen oder müssen. An solche Personen habe ich gedacht, als ich mich entschied, aus der Perspektive einer Person, die das Fest alleine verbringen würde, eine Adventsgeschichte zu schreiben. Also – danke euch für die Inspiration!

Zweitens wollte ich wieder eine Schwarze Hauptfigur erfinden. Eine Frau, die in Deutschland – einem überwiegend *weißen* Land – lebt und arbeitet. Allein diese Entscheidung war ein politischer Akt. »Warum denn?«, fragte mich eine (*weiße*) Person tatsächlich. Eine andere (*weiße*) Person kommentierte: »Ich hoffe, die Hauptfigur wird in der Geschichte nicht auf ihre Hautfarbe reduziert …« (Ich frage mich, ob Annette von Droste-Hülshoff, Thomas Mann oder Heinrich Heine auch solche Sätze zu hören bekamen, obwohl sie ausschließlich *weiße* Hauptfiguren geschrieben haben, aber das führt uns in eine Sackgasse. Stattdessen empfehle ich die Lektüre der Anthologie »Mythen, Masken und Subjekte« von Maureen Maisha Eggers, Grada Kilomba, Peggy Piesche und Susan Arndt). Und so bin ich unausweichlich beim Thema *race* gelandet. Das ist, wie Weihnachten, auch gar kein so leichtes Thema. Die Kommentare haben den Schreibprozess beeinflusst. Also – danke euch für die Erdung!

Drittens stellte es sich sehr schnell heraus, dass meine ursprüngliche Idee – die Geschichte einer Grafikerin, die jeden Tag eine Farbe verliert – viel mehr in sich birgt, als ich am Anfang angenommen hatte. Ich habe mir dann die nötige Zeit und den Raum genommen, um meiner Kreativität freien Lauf zu lassen. Und darum ist das, was als kleine E-Mail-Geschichte anfing, eine sehr lange Kurzgeschichte geworden. Die 24 Freund_innen, die 24 Tage lang gelesen haben, haben sich jedenfalls nicht beschwert. Also – danke euch für die Aufmerksamkeit!

Ein besonderer Dank gilt Astrid Thompson, Anona Rooley, Elena Diaz-Glaab, Elena Ficara, Catherine Johnson, Kadeer

Arif, Mirjam Nuenning, Clementine Burnley, Dirk Ludwig, Allyson Otoo und vor allem Tyrell Otoo. Vielen Dank, dass ihr das englischsprachige Original »Day by Day« damals gelesen und mir Feedback gegeben habt. Weil ihr da wart und immer neugierig auf die nächste Folge gewartet habt, habe ich weitergeschrieben. Weil ihr zur richtigen Zeit kritische Fragen gestellt habt, habe ich an der Handlung geschliffen. *Thank you!*

Außerdem möchte ich mich ganz herzlich bei der »Dinner Party« bedanken. Das waren eine Handvoll wunderbare Personen, die sich mit mir an einem Abend getroffen haben, um mit mir ausführlich über die Geschichte zu reden. Es waren Bona Ngoumou, Gonza Ngoumou, Jeanny Mayani, Mirjam Nuenning, Clementine Burnley, Catherine Johnson, Hannah Stockmann, Joerg Hammer, Ralf Steinberger und Dirk Ludwig.

Nouria Asfaha, Nadine Lantzsch und Joerg Hammer möchte ich ausdrücklich für ihre sorgfältige, liebevolle Auseinandersetzung mit dem Text und der Übersetzung danken. Ich weiß es wirklich sehr zu schätzen.

Von den Leuten beim Verlag edition assemblage möchte ich mich wieder mal und explizit bei Carina Büker, Ronja Schreurs und Willi Bischof für ihre tatkräftige Unterstützung und überhaupt die wichtige Arbeit bedanken. Bitte unbedingt weitermachen! Ihr seid die Besten!

Ich muss meine wahnsinnig tollen Babysitter_innen erwähnen, die den Schreibprozess auch unterstützt haben, indem sie mit Hingabe und Begeisterung auf meinen Chef aufgepasst haben: Vielen lieben Dank Wamilika Mawakha,

Zoe Steinberger, Nzitu Mawakha, Asad Schwarz-Msesilamba, Paul Teschner, Suel Wald und Ciara Beuster.

Clementine Burnley, meine Herausgeberin, hat immer zügig alles gelesen, was ich ihr nur schicken konnte, und war stets für mich da, besonders wenn es darum ging, meine komischen Ideen anzuhören. Außerdem hat sie mir erstmalig einen Namen gegeben für das, was ich schreibe: Afrofuturism. *It is such an honour to have met you and worked with you, Tina. Thank you for your wisdom and your friendship.*

Markus Weiß, mein Grafiker, hat für mich noch einmal gezaubert – das Ergebnis haltet ihr in euren Händern. Für deine Großzügigkeit, deine Ausdauer und deine Solidarität bedanke ich mich sehr, lieber Markus.

Die ausgezeichneten, bewegenden Bilder von Sita Ngoumou sind ein wahres Geschenk für diese Publikation. So viel Talent braucht viel mehr Platz als diese wenigen Seiten! Ich habe echt Glück gehabt, dass Bona mich mit ihrer so talentierten Schwester verlinkt hat. Liebe Sita, das Angebot für eine Kinderbuch-Kollaboration steht noch! Lass uns endlich anfangen … :-)

Und natürlich vielen lieben Dank an die begabte Übersetzerin Mirjam Nuenning (und ihre Assistentin M'Sozi). Mirjam fand wieder mal die Energie, die Geduld und die Muße, meine englischen Wörter in wunderschönes Deutsch zu übersetzen. Ich weiß nicht, wie du das machst, Mirjam, ich weiß nur, dass ich wirklich sehr dankbar für deine Unterstützung bin und ich mich sehr geehrt schätze, dich als meine liebe Freundin zu haben.

Lieber Dirk, nun ja, die Danksagung ist tatsächlich etwas länger geworden, aber hier der wichstigste Teil: Werte Leser_innen, ohne Dirk wäre gar nichts gegangen. Auf Wiederhören! (I hope that covers it?!) Spaß beiseite: Danke, dass du für mich da bist :-)

Und – *last but by no means least* – lieber Elijah, lieber Lewis, lieber Tyrell & lieber Dion, ich hoffe, diese kleine Geschichte gefällt euch. Vielleicht bekommt ihr dadurch einen kleinen Eindruck davon, wie sehr ich euch lieb habe …

»Synchronicity« ist meiner Patentochter, Amira, gewidmet – und ihrer bewundernswerten, superstarken und ganz besonderen Mutter.

Sharon Dodua Otoo, August 2014

* * *

Hinweis zur Schreibweise

Ich verwende »Schwarz« und »weiß« in dieser Geschichte nicht, um Hautfarben zu beschreiben, sondern als politische Bezeichnungen. Dadurch soll hervorgehoben werden, dass es sich um soziale Konstruktionen handelt und keine körperlichen Merkmale. Aus dem gleichen Grund schreibe ich das Wort »race« und nicht die deutsche Übersetzung davon.

Im deutschen Kontext wird »Schwarz« oft mit »Mitglied der afrikanischen Diaspora« gleichgesetzt. »People of Color« hingegen bezeichnet alle Menschen, die in mehrheitlich *weißen* Gesellschaften von Rassismus betroffen sind bzw. rassifiziert werden. Im deutschen Kontext wird der Begriff auf Englisch verwendet.

Ich verwende außerdem das Gender-Gap. Das ist eine Schreibweise mit Unterstrich (z. B. Kund_innen), die das binäre System von Mann / Frau aufbrechen und Raum für weitere Gender-Identitäten ermöglichen soll.

Sharon Dodua Otoo

die englischsprachigen Originalausgaben bei edition assemblage

Kareem learns to mistrust a good friend, Ama loses her sista, the siblings Ash and Beth have to fight for their mother's affection, Till and his wife drift away from each other... Sensitively, honestly and with a special sense of humour, the woman with all these roles describes how she rediscovers herself – and not only in the positive sense.

the things i am thinking while smiling politely...

A novella by Sharon Dodua Otoo
104 pages | 12.80 Euro | ISBN 978-3-942885-22-5

Synchronicity – the original story

A novella by Sharon Dodua Otoo with illustrations by Sita Ngoumou
84 pages | 12,80 Euro | ISBN 978-3-942885-95-9

Cee is losing her colours day by day. Of course, this worries her at first – although she already knows that her foremothers also went through it and survived. Still. Now she has to once again learn how to deal with loss – and just like last time, it's happening just before Christmas...

www.edition-assemblage.de

edited by Sharon Dodua Otoo

Witnessed is a series of books written by Black authors and published in co-operation between edition assemblage and Limited to You.

The Witnessed series contributes English language testimonies to existing „Black in Germany" accounts (both fiction and non-fiction) while simultaneously providing access to this literature to international English-speaking audiences.

For further information, please visit:

http://witnessed-series.blogspot.com

and www.edition-assemblage.de/witnessed

Witnessed ist eine englischsprachige Buchreihe geschrieben von Schwarzen Autor_innen und herausgegeben in Kooperation zwischen edition assemblage und Limited to You.

In dieser Kollektion fiktionaler und nichtfiktionaler Arbeiten geben Autor_innen der afrikanischen Diaspora, die in Deutschland leben (oder gelebt haben) und in englisch-sprachigen Ländern lebten (oder leben) Zeugnis über die Erfahrung in Deutschland Schwarz zu sein - der Blick wird umgedreht.

Weitere Informationen finden Sie unter:

http://witnessed-series.blogspot.de/p/informationen-auf-deutsch.html

und www.edition-assemblage.de/witnessed

www.edition-assemblage.de

WITNESSED

edited by Sharon Dodua Otoo

A collection of selected black and white photographic portraits of inspiring Black women who live in Germany – and their questions for the readers.

Eine Sammlung ausgewählter Portraitfotos von in Deutschland lebenden Schwarzen Frauen – und ihre Fragen an die Leser*innen.

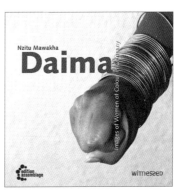

For those who live in cold places, a collection of short stories to warm your heart.

Herzerwärmende Geschichten für alle, denen es draußen zu kalt ist.

Short stories by Noah Hofmann, Njideka Stephanie Iroh, Elsa M'Bala, Muriel Mben, WoMANtís RANDom, Tigist H. Schmidt, Monique Simpson, Dino Byansi Byakuleka, Clementine Burnley und Sharon Dodua Otoo

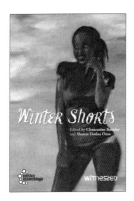

www.edition-assemblage.de

edited by Sharon Dodua Otoo

Sandrine Micossé-Aikins and Sharon Dodua Otoo (eds.)
The Little Book of Big Visions
How to Be an Artist and Revolutionize the World
Witnessed Edition 1 | 158 pages | 14.80 Euro | ISBN 978-3-942885-31-7

Olumide Popoola
Also by Mail
Witnessed Fdition 2 | 96 pages | 9.80 Euro | ISBN 978-3-942885-38-6

Nzitu Mawakha
Daima
Images of Women of Colour in Germany
Witnessed Edition 3 | 96 pages | 123 photographs | 19.80 Euro | ISBN 978-3-942885-48-5

Amy Evans
The Most Unsatisfied Town
Witnessed Edition 4 | 96 pages | 9.80 Euro | ISBN 978-3-942885-76-8

Clementine Burnley & Sharon Dodua Otoo (ed.)
Winter Shorts
Witnessed Edition 5 | 112 pages | 9.80 Euro | ISBN 978-3-942885-94-2

www.edition-assemblage.de